TAKE
SHOBO

皇太子妃になりたくない!!

薄幸フラグしかない悲劇の妃に転生したので
イケメン皇子に溺愛されつつ運命改変します

北山すずな

Illustration
旭炬

JN053727

蜜猫
Mitsuneko F

contents

イラスト／旭炬

皇太子妃になりたくない!!

薄幸フラグしかない
悲劇の妃に転生したので
イケメン皇子に溺愛されつつ
運命改変します

プロローグ

「さあ、飲まれよ」

目の前に杯が差し出された。

ぬるりと光る液体は、ひと口でこの命を絶つとわかっている。

これは抗《あらが》いようのない運命だが、彼女は一縷《いちる》の望みにすがろうとした。

「お待ちください、殿下にひと目会わせてください。わたしは無実です！　どうか殿下に」

宦官《かんがん》が答える。

「皇太子殿下は凌雅《りょうが》殿におられます。この杯《さかずき》は殿下の慈悲でございます」

その瞬間、雪花《せっか》の望みは完全に絶たれたことを悟った。

凌雅殿というのは皇太子の側室、麗林の住まいだ。

彼は側室の住まいで、妃《きさき》の処刑を待っているらしい。

夫の愛はもともとなかったが、廃妃にして命だけは免じてやろうというひとかけらの情けすら与えられなかったということだ。

宦官が非情な声で言った。
「どうかご自分で。さもないと、私の手でしなければなりません」
雪花はとうとう全てを諦め、床に崩れた。
——短い後宮生活だったけど、これも終わり。
雪花の頬《ほお》を一筋の涙が流れ落ちた。
わたしはとうとう誰にも愛されなかった。
わたしの何がいけなかったの？
お父様にも第二母様にも逆らわず、望まれるままに生きてきた。
父の望みどおりに皇太子妃の座に上り、任家の名を高めもした。
皇太子殿下の顔色を窺《うかが》い、太子の愛がないことにも耐えた。
全て、定められたとおりに生きたのに。
それなのに冤罪《えんざい》で死ななければならないの？

彼女は宦官から杯を受け取ると、震える手で唇へと近づけた。
——これが定めなら、せめて最期だけは、美しく……。
姿勢を正して袖口で杯を隠し、彼女は美酒を味わうようにそれを飲んだ。
皇宮への憧れと期待に胸を震わせていたあの頃の記憶が蓮花燈《れんかとう》のように輝いていた。

＊　＊　＊

「どうして？　どうして皇太子妃《ヒロイン》が毒死しなくちゃいけないの？　悲惨すぎる、こんな人生！」

わたしは『雪花悲恋歌《せっかひれんか》』の本をパタンと閉じてベッドに寝転がった。

この小説のヒロイン任《にん》雪花は、将軍を父に持つ名家の令嬢なのだが、父の正夫人である実母を早くに亡くし、第二夫人に育てられた。雪花には第二夫人の産んだ妹、春燕《しゅんえん》がいるが、その母子とはなじめず、辛い少女時代を送った。

たとえば、皇太子と初めての出会いとなった毬《まり》試合観戦に、姉妹揃《そろ》って招待されたが、雪花は妹の春燕よりもうんと地味な衣装を着せられていたのである。そんなハンディがあっても雪花は皇太子妃に選ばれたのであるが。

雪花が皇太子妃になった後も彼女の苦難は続く。

第二母の執念により、皇太子の側室の侍女になった妹、春燕がまた憎たらしくて、嘘偽《うそいつわ》りを語って雪花を貶《おとし》め、冤罪をでっちあげて雪花を毒死に陥《おとしい》れるのだ。

――そこはスカッとやり返してヒロインに勝ってもらいたかった。

いくらタイトルが悲恋歌だとしても。彼女は恋のために死んだというわけでもない。

なにもかも言われるままに生きて、言われるままに死んだ。

「定めのままに生きたからこうなったのよ、きっと」

わたしはそう呟《つぶや》いた。

ヒロインはなにひとつ自分で決めてこなかった。

自分の人生を選ぶという考え自体持っていなかった。

もしわたしだったら最後の最後まであがいて、自分から毒を飲むなんてしない。

毒死を強いてくる宦官なんか蹴散らして、逃げて、逃げて、逃げまくる。

思えば、雪花が自ら選んだとすれば、無理やり毒を飲まされるのではなく自分で飲むということ、その死に方だけだった。

「もし生まれ変わったら、次は自分で選ぶのよ。できれば、皇太子妃を回避して、田舎でのんびり暮らすといいわ」

わたしはそんなことをあれこれ考えながら眠りについた。

第一章

——あっ
馬車がガクンと揺れて、一瞬血の気が引いた。

「雪花様、お怪我《けが》はありませんか？」

幼顔の少女が慌てた声で言う。

どこもぶつけていないし、痛くもないが、わたしはすぐに顔を上げられなかった。

小さな衝撃と、一瞬落ちた暗闇に、心臓がドクドクと早鐘のように鳴っている。

——えっ、ここはどこ？　なにこれどういう状況？

ふいに喧噪《けんそう》が耳に飛び込んできた。

ぶつかったぞ、轢《ひ》かれたぞ、という不穏な叫び声が聞こえる。

額に汗が滲《にじ》み、呼吸さえおぼつかない。

「お嬢様、雪花お嬢様！　大丈夫ですかっ」

再び呼びかけられて、はっと見れば、その少女は髪を二つの髷《まげ》に結い、上半身は着物のようで、胸から下は袴《はかま》のような長い衣を身に着けている。

まるで中華時代劇みたいだ。

「……あなた誰? その服……コスプレ?」

すると、その少女は狐《きつね》につままれたような表情になった。

「お嬢様……あたしのこと、お忘れに……?」

さらに向かい側から別のいらだった声が聞こえる。

「小鈴《しょうりん》、大げさに騒ぐんじゃない。雪花なんてどうでもいいでしょう」

顔を上げると、向かいあった座席には中年女性と若い娘が並んで座っていた。

二人とも顔立ちがよく似ていて、恐ろしいほど高く髪を結い上げている。

その髪にはごてごてと飾りをつけているし、赤地に金の刺繍《ししゅう》を施した衣装の肩は何かのゲームのボスキャラのように尖《とが》っており、派手な上に珍妙だった。

――小鈴……、雪花……?

「本当に、お姉さまなんてどうでもいい。それより、どうして馬車が動かないのよっ」

「……春燕……?」

わたしはそう口走っていた。

春燕とは、あの小説の中のヒロインの腹違いの妹の名だ。

彼女はしかめっ面で言い返した。

「はぁ？　雪花のくせに気安くあたしの名前を呼ばないでよね」

つっけんどんな物言いに加えて、彼女の口元の黒子を見てわたしは確信した。

目の前にいるのは、任《にん》家の第二夫人竹娘《ちくじょう》とその愛娘《まなむすめ》の春燕だ。

そして隣で心配そうに様子を窺っているのは侍女の小鈴。

――まるで中華時代劇、じゃなくてそのものだわ。

わたしは眠ったまま小説『雪花悲恋歌』の中に入ってしまったらしい。

――じゃあ、このシーンは？　どこへ行く途中？

わたしは状況を推し量ろうとして耳を澄ませた。

馬車の外では町民たちが怒鳴っている。

「外が騒がしいけど何かあったの……？」

わたしがそう尋ねると、小鈴がそっと垂れ幕をめくって外の様子を探る。

「庶人《しょじん》がちょっとぶつかって転んだみたいです！　でも、お嬢様、お気になさることはありません」

「そうよ、今日は毬試合を見に行く大事な日なんだから、庶人なんか気にしてられないわよ。さっさと行けばいいのに！」

春燕のその言葉で状況が飲み込めた。

――つまり……、皇太子の妃選びの前哨戦《ぜんしょうせん》ともいえる、鞠《まり》試合イベントの日。どうりで春燕がけばけばしく着飾っているわけだわ。

……っていうことは、今は雪花は十六歳。

彼女が皇太子妃になる前年であり、彼女が死ぬその日まであと二年。

毬試合というのはいわゆるポロ競技のようなものだ。

皇帝の寵臣《ちょうしん》や皇子《おうじ》たちがチームを組んで試合をし、招待された独身女性が応援をするという体《てい》の婚活イベントとも言える。

わたしが夢にまで見ているこの小説は、大涛国《だいじゅこく》の首都、彩都《さいと》の皇城でくりひろげられるいわゆる後宮小説だ。

皇帝は、齢《よわい》十三から四十年の間、この大涛国を統治している夏龍聖《かりゅうせい》で、皇后の長子である皇太子、黎王《れいおう》を筆頭に、正妃たちの子を合わせて三男二女がいる。

皇太子と第二皇子は独身で、第三皇子は朱《しゅ》宰相の姪《めい》と結婚している。

雪花の父は朱家《しゅけ》と権勢を競っていたが、前朝の生き残りによる反乱軍を鎮圧している隙に為《な》された第三皇子の婚姻によって、好敵手の朱家が頭ひとつ抜きんでている。

しかも、朱宰相には姪だけでなく、適齢期を迎えた娘、麗林《れいりん》がいる。彼女が皇太子妃にでもなれば、朱家の権力はこれまでになく強いものになるだろう。

これに対抗して、任家《にんけ》も妙齢の娘を切り札に最後の砦《とりで》だけは守ろうという魂胆なのだ。

というわけで、皇太子主催の毬試合見学は、良家の令嬢にとって皇太子妃の座を目指してアピールする大きなチャンスなので春燕の装いに気合が入っているのも納得だ。

「そのとおりよ。雪花はただの添え物だけど、春燕、おまえはなんとしても妃に選ばれなくてはいけないのだから、遅れるなんてもってのほか。貧しい民のひとりや二人死んだってどうということはない」

この時代の人命軽視はひどすぎる。

実際、原作では庶人を放置して毬場亭《きゅうじょうてい》にかけつけたのだ。

でも、わたしは知っている。

その轢《ひ》かれた庶人というのは、実は皇太子の幼少期の師父だ。最初はまだ息があったのに、第二母の命令で道を塞ぐ邪魔者として蹴散らされて絶命する。

そして、二年後にそのことが皇太子に知られてしまう。

皇太子の側室に、侍女の春燕はこう告げ口した。

『あたしもお母様も助けようって言ったのに、雪花がそのまま行けと御者に言いました』

激怒した皇太子は雪花に毒死を命じることになる。

――つまりこれってとてもとても大事なシーンじゃない？　ヒロインの運命を分けるようなな！

「早く出しなさい、庶人など轢《ひ》き殺《ころ》したってかまわない」と第二母が怒鳴った。

「……だめよ！」

わたしは思わず叫んでいた。

「そのまま停まってて！」

御者がためらっているうちにわたしの声が届いてよかった。

馬車はまだ動かない。

後々ヒロインが陥れられないためにも轢き逃げは回避すべきだが、そもそも人道的に間違っている。

わたしは馬車から外に飛び出した。

ふだんの雪花なら母や春燕にたてつくことなど絶対にないので、二人とも驚いていた。

それがちょうどよかった。

不意を突かれて呆然《ぼうぜん》としている第二母と春燕を後目に、わたしは事故対応へと向かったのである。

＊　＊　＊

わたしは薄墨《うすずみ》色の襦裙《じゅくん》を翻《ひるがえ》して馬車を下りた。

薄墨色……そう、赤や金の第二母や春燕と違って雪花はいつも地味で質素な衣しか誂《あつら》えてもらえなかったし、髪もざっくり縛って花簪《はなかんざし》をひとつ挿しただけなのだが、今はそんなことはどうでもいい。

わたしは社内訓練を思い出しながら、落ち着いて、落ち着いてと自分に言い聞かせた。

ここにはＡＥＤはないが、手動の心臓マッサージくらいなら覚えている。

まず気道を確保して、一分間六十回のテンポで胸を押し続ける。

わたしの頭の中には既にその指標となるメロディー『もしもし亀よ、亀さんよ』が流れ始めていた。

「通してください！」

「お嬢様。ぶつかっちゃあいません。避けようとして転んだだけです」

御者が慌てた声で言った。

「そうなの？」

轢き殺してでも行けなんてとんでもない話だ。

わたしは被害者の前でうずくまった。

倒れていたのは一見、貧相な身なりをした老人だ。ここまでは原作と同じだ。

大通りには町人たちが集まってきた。

『わあ、きれいなおひめさまだ』

子どもがこちらを指さして言い、その親らしい男が答える。

『任家の馬車だ』

わたしは垂れ衣《ぎぬ》もまとわずに外に出た迂闊《うかつ》さに気づいた。

現世では未婚の女性でも堂々と顔を見せて歩けるが、この物語の中では違う。

良家の子女はむやみやたらに顔をさらしてはいけない。

そこに別の民女《みんじょ》の声。

『顔はきれいでも、人でなしさ。人を轢いて知らん顔だ』

『この間も、提灯《ちょうちん》屋の息子が足をやられて二度と歩けなくなっちまったんだ』

『俺が聞いた話では、任家の馬が畑を踏み荒らして作物が台無しになったってよ』

『どうせあたしらのことなんか虫けらのようにしか思ってないんだよ』

——ええ？　任家の評判最悪じゃない？

わたしは驚いた。

罵詈《ばり》雑言《ぞうごん》だけでなく、馬車めがけて石を投げる者もいた。

「無礼者！　散れ！」と、第二母が対抗して馬車の小窓から怒鳴っている。

誰かが投石すると、他の人々も倣《なら》って小石を投げてくる。

それはわたしの足元にも飛んできた。

任家はいったいどれだけ嫌われているのか——いや、本当にそれだけ言われるくらいのことを原作に書かれていない細かいところでやってそうな第二母ではあるが——今はまず人命救助が第一。

わたしは、被害者の鼻先に手をかざし、次にその手首に触れた。

――呼吸してるし、脈もある。

老人の着ている、丸衿の袍衫《ほうさん》の色は白。無官の人に見えるが帯に腰牌《ようぱい》が下がっている。腰牌とは石でできた通行証であり身分証明書のようなものだ。

裏返すと、そこには『井宇辰《いうしん》』の篆刻《てんこく》があった。

老人の顔色は青白いが、目立った流血はない。

御者が言うように、馬車を避けて転んだだけというのは本当だろう。

「もしもし……おじいさん、しっかりしてください」

呼びかけると、老人の瞼《まぶた》がぴくりと動いた。

反応した、よかった。

「わたしの声、聞こえますか？　大丈夫ですか？」

その声に、老人は呻《うめ》きながら、わずかに身じろぎした。

「ああ……わしはどうしたのだ……杖《つえ》、杖は――」

「ここは危ないので移動しましょう。起き上がれますか？　わたしにつかまってください」

わたしが老人に肩を貸して起こそうとすると、彼は痛そうな叫び声を上げた。

「うぅ……っ、足が、足が……」

見れば、老人の左足が捩《ねじ》れたようになっていて、力も入らない様子。

「転んだ時に痛めたのかも。……どなたか、この方のご家族かお知り合いはいませんか？」

雪花は辺りを見回して問いかけたが、野次馬たちが好奇の目で見ているばかり。

「お嬢様、もうお戻りください！　生きていたのだからいいではありませんか」

小鈴も降りてきて、雪花を連れ戻そうとする。

しかし、わたしは老人の異変に気づいて小鈴を押しやった。

老人の骨ばった足はみるみる腫《は》れあがっていき、彼の額から脂汗が噴き出た。

——骨折してるかも。

わたしは、近くに落ちていた老人の杖を拾い上げた。

「何か長い布……、あっ、これちょうどいいわ」

この時代の女性のおしゃれアイテムであるひらひらした、天女の羽衣みたいな布が両肩から胸元に垂れているのを見て、そう思った。

「お嬢様、披帛《ひはく》をどうするのですか？」

「披帛……っていうのね、これで固定するのよ」

わたしは小鈴にそう答えて、老師の足と杖を一緒にぐるぐる巻いた。

馬車からは垂れ幕を上げて第二母が怒鳴っている。

「何してるのっ、いいかげんにおし！　遅れてしまうよ」

雪花は母にこう返した。

「お願いです！　この怪我人《けがにん》を乗せて医者へ連れていってください」

しかし、第二母の反応は冷たかった。

「冗談じゃない！　汚らわしい庶人を乗せる謂《いわ》れなどない！」

聞かなければよかった。

その言いぐさが人々の癇《かん》に障ってしまい、町人たちはまた石を投げ始めたのだ。

「あっ、まっ、やめてください……危ない」

逃げたいが、わたしが逃げたらこの怪我人に当たってしまう。

わたしは老人の前で立ちすくんだ。

——ひぃいいっ
わたしは袖で顔と頭をかばったが、袖や裾に小石が当たるのはどうにもならない。

「痛い」

事態はさらに悪いほうへと向かった。

「下賤《げせん》の者を蹴散らしておしまい」と第二母が叫ぶものだから、こちらへの風当たりはさらにきつくなった。

ついに人の拳ほどの大きさの石が飛び交うようになって、袖をかざしても避けきれないと思ったその時だ。

「やめろ」

凛《りん》と響く声がした。

覚悟していた石礫《つぶて》は雪花に当たらず、痛みも衝撃もこない。

ただ、何かを打ち砕くような音だけは聞こえた。

「……っ」

目を上げると、天空のような色をした深衣《しんい》を着た青年がかばってくれたのだとわかった。長い髪を一つに束ねた背中しか見えないが、その右手には木刀が握られている。

それで投石を次々に薙《な》ぎ払《はら》っているのだ。

カン、コンと乾いた音が続いた後、やがて石の礫は止《や》んだ。

人々はその木刀捌《さば》きの素早さに見入ってしまったようだ。

――誰？　……原作にこんな人物いたっけ？

モブにしては明らかに造作が整っているのだが、そもそもこの時点で原作と違うことをしているので、知らないキャラが出てきたとしても仕方ない。

投石が収まるのを見届けると、彼は振り向いて言った。

「大丈夫か、怪我はないか？」

「はあ、なんとか」

わたしが答えると、その青年の表情は一瞬緩んだが、すぐに衆人に向き直った。

「やめろ、おまえたち。この娘は怪我人を助けようとしているのがわからないのか。見ているだけで何もしないなら、見殺しにするのと同じことだぞ」

彼の背に隠されて、わたしの心臓が激しく高鳴っていた。

——誰これ、ヒーロー級の活躍じゃない？　なんかいい匂いするし、声もいい。

「怪我人を運ぶ。おまえたちも手伝え」

彼のひと声で、野次馬から三人の男が駆り出され、老人を道の端まで運んだ。

もう石を投げる者はいなかった。

「ご協力ありがとうございます。ほかのみなさんは下がってください、危ないですよ！」

わたしがそう言ってなんとか道を空けさせた時だ。

「出しなさい」とわめく女の声に続いて、御者の掛け声が上がったかと思うと、車輪がカラカラと回り始めた。

わたしが交通整理をして野次馬を下がらせたのを好都合と、馬車が動きだしたのだ。

小鈴が泣きそうな声で言った。

「待ってください、待って、雪花お嬢様がまだ乗っていません……！」

その懇願もむなしく馬車は動いていく。

馬車の小窓からちらりと覗《のぞ》いた第二母の顔があくどい笑みを浮かべていた。

「危ない、みんな、下がって」

わたしは第二母の振る舞いに怒りながらも、ひとりの怪我人も出さないよう民衆をさばいた。

やがて馬車は角を曲がり、宮城《きゅうじょう》へと走り去った。

「お嬢様……あたしたち、置いていかれてしまいました」

もとから第二母はこの血の繋《つな》がらない娘など連れていきたくなかったのだろう。

第二母は世継ぎの男子を産み、今では大きい顔をしているが、雪花の存在は正夫人を彷彿《ほうふつ》とさせるらしく、目障りで仕方ないのだ。

どうせ雪花は体調を崩したとでも言って、春燕を盛大に売り込んでくるだろう。

「そのようね、小鈴。……でも、これでいいのよ」

そういってわたしは道端に移動させられた老人に向き直った。

「今はなんとしても、この方をお医者さんに連れていかないといけないから」

そう、わたしは知っている。

雪花が今、この物語の最大にして最悪の分岐点に立っているということを。

この老人を死なせれば、後で自分の首を絞めることになる。

毬場亭のお妃選びイベントをすっぽかせばお妃候補から外れてしまうだろうが、あんな悲劇に終わらせないためにも、きっと、これでよかったのだ。


その後は、青年の手助けと小鈴の案内によって、老人を任家のなじみの医師、鉄斎《てっさい》先生に預けることができた。

「受け入れありがとうございます……治療費はいくらですか?」

「お嬢さんが心配する必要はありませんよ」

鉄斎先生はそう言ってくれたが、わたしは髪から外した簪《かんざし》を差し出した。唯一髪を留めていた簪を取ったために長い髪がばさりと背中に垂れた。

薄墨色の祷裙に長い垂れ髪とはまるで幽霊みたいだ。

「両親の許可もなくお願いしたことなので、任家は払わないと思います。でも十分な治療をしていただきたいのです」

「治療はもちろん最善を尽くします。礼なら、あの挙人《きょじん》になさるがいい」

「挙人……？」

挙人とは、高官を目指す学生のことを指す。

「彼が十二分な心付けを置いていきましたから。その気前の良さから見て、ただの庶人ではないと思います」

わたしは驚いて、その青年を追おうとしたが、もうどこにもその姿はなかった。

立往生していた雪花に手を貸してくれた恩人なのに、名前も聞いていない。

雪花をかばって石礫を避けてくれたのに、怪我をしなかったかどうかも確認していなかった。

——わたしとしたことが、迂闊だったわ。

老人も、医師も、運ぶのを手伝った男たちも、誰も彼の名を知らなかった。

「もしあの人がまた来ることがあったら、これを渡してください」

わたしは外した簪を医師に託した。

簪の相場がどのくらいのものかはわたしにはわからないが、金目のものはこれしか持っていなかったのだ。

帰る時、鉄斎先生の奥様が小さな包みを渡してくれた。

「こっそりお食べなさい」

そのまなざしには、哀れみのような、同情のような色が見えた。

原作にはこの夫婦と雪花の関係は書かれていないが、どうやら雪花が第二母にいびられていることを知っていて、いつも気にかけてくれているらしい。

＊　＊　＊

一方、宮廷では——。


「母上、拝謁します」

夏青冥《せいめい》すなわち秀王は寛徳《かんとく》皇后に挨拶をした。

寛徳皇后は、秀王の実母であり、華貴妃《かきひ》、鶯淑妃《おうしゅくひ》、嵐徳妃《らんとくひ》、明賢妃《めいけんひ》の四人の正室ほか多くの妃賓を従え、後宮を統べる揺るぎない地位にある。

「おまえ、彩都に来ていたというのに、今日の鞠試合になぜ来なかったのですか」

皇后に問われて、秀王はふと視線を逸《そ》らす。

「今日の試合は兄上の見合いのようなものと聞いています。俺など別にいなくてもかまわないでしょう。俺は母上の顔を見られればそれでいいです」

この言葉には、皇后もまんざらでもないらしく、呆《あき》れ顔《がお》に喜びの色を添えて言った。

「太子の見合いだから興味はなかったの？　でも遠くからわざわざ来たのに出席しないなんて……おまえにも縁があったかもしれないのですよ」

「兄上が選んだ残りの女から妃を娶《めと》れということですか」

「そんな口の悪い。おまえの辰州《しんしゅう》での噂《うわさ》は聞いていますよ。庶人の女たちを相手にするのはほどほどにしないと！　おまえは早く良家の娘と婚姻を結ぶべきです」

秀王は口の端を微《かす》かに歪《ゆが》めて笑った。

酒と女浸りの放蕩《ほうとう》皇子——それは、あえて自分で流した噂だが、順調に宮城まで届いていたようだ。

しかし、それが仇《あだ》となって今回の都入りの本来の目的が叶《かな》わなかったことは痛恨の極みだ。

秀王は、国境近くで鴉螺《うら》族という異国の軍が怪しい動きをしていることを父に伝え、彼らを討伐するための兵符、つまり挙兵する許可を、さらに援軍を頼みたかったのだが、放埓な皇子の戯言《たわごと》としか受け止められなかった。皇帝の許可なしに兵を動かすと謀反と見なされてしまう。

自分で蒔《ま》いた種とはいえ、忌々しい。

都は平和だが、それゆえ危機感が足りない。

毬試合がそんなに大事か、と腹立たしい思いを込めて、彼は言った。

「こちらは厄介な鴉螺族を相手にしなくてはいけないので、そんな暇ありませんよ。……毬試合で妃選びとは、呑気《のんき》なものですね。ですが、家柄、家柄といって愛してもいない女を形だけの妃にするから後宮はもめごとが絶えないんじゃないですか」

「青冥！」

皇后は厳しい声でたしなめる。

「すぐに態度を改めなさい……おまえの放埓ぶりに陛下は胸を痛めておられます。婚姻さえすれば陛下も安心なさっておまえの話を聞いてくださるでしょう。ほら、この中におまえの好みの女子はいないの？」

皇后は几《つくえ》に積まれた巻物をいくつか取り上げては広げて秀王に見せた。

それぞれ良家の子女の絵姿に添えて『朗らかで健康』などと、簡単な説明が書いてある。

秀王は興味なく、それを流し見していたが、ふと自ら一枚の絵を手に取って見分する。

「もし俺が気に入れば、兄上は遠慮してくれるんですか」

「気に入った娘がいたの? ……まあ、それは任将軍の長女じゃないの」

皇后は秀王の視線を追ってその絵姿を見ると言った。

なかなかの美人で、『しとやかで繊細』とある。

「任雪花は佳人で清楚《せいそ》と、評判は悪くないわ。任将軍を味方につけておくためにも、太子の妃の第一候補と思っていたけれど、今日は具合が悪いと言って鞠試合に来なかった。野心があれば這《は》ってでも来るでしょうに。控えめな印象も過ぎればよくないし、そんなに体が弱くては皇太子妃は務まらないような気もしないでもないわ。妹のほうは、下品で無教養で、全然ダメ」

「へえ、しとやか……ねえ」

秀王は失笑した。

自分は任雪花を間近に見たし、彼女が鞠試合を欠席した本当の理由も知っている。つまり、秀王と同じ理由で、ひとりの老人を助けていたために出席できなかっただけだ。

とても控えめで体が弱い娘には見えなかった。

確かに体格は華奢《きゃしゃ》だったが、あれほどはっきりと自分の考えを持った娘はなかなかいないと思う。猫を被っているとはあのことだ。

「妹が下品という意見には全くもって同感です、母上。ですが、姉のほうは脆弱《ぜいじゃく》なので太子妃の候補から外れた、ということでいいですか?」

「でも、朱家の麗林が太子妃になったら、それはそれで厄介です。朱宰相の力が強くなりすぎますからね。結局、次の花見の宴で決まるでしょう。今日のようなことがなく、任将軍が雪花を強く押し出してくれれば、いちばん話が早いのだけれど——だからね、青冥、任雪花のことはもう少し待ってちょうだい」

秀王はそれは呑《の》めないと思った。花見が終わるまで待っていたら、任雪花は兄皇子の妃になってしまうかもしれない。

「それとも、その婚姻を望むのは、閃光軍《せんこう》が目的?」

問われて、そういえばそうだったと気づく。

雪花の父は三万の兵士を擁する閃光軍の将軍だ。

「いいえ、閃光軍は東を守っているでしょう。俺が必要としているのは劉《りゅう》将軍の黒炎軍《こくえん》です、母上。雪花を望む理由は、あくまで俺の好みです」

「そうですか。……では」

皇后は念を押すように言う。

「おまえも手をこまねいているだけではいけませんよ。花見までに身辺をきれいにしておくことです」

自分で蒔《ま》いた噂の種が大輪の花を咲かせていることに、秀王は面白いやら情けないやら。

「わかりました。女たちとは縁を切って、誠実な花婿になりますよ。その代わり、花見より前に兄上と雪花の縁談を決めたりしないと約束してください、母上」

皇后は疑わし気な目で、第二皇子を見つめたが、その目が思いのほか真剣だったことに驚いたのか、ひと言「わかりました」と答えた。

＊　＊　＊

——それにしてもおかしい。

わたしは首をひねった。

『雪花悲恋歌』の世界に入り込んだのは夢だと思っていたのに、いっこうに醒《さ》めないし、触感、音、色、全てがリアルなのだ。

たとえばこの屋敷、原作では屋根の裏側や二階の構造がどうなっているかまでは描写されていなかったのに、わたしは今まで見たことのないはずの、複雑な屋根裏構造を見ているのだ。

雪花に当てがわれていた部屋は、二階の西端にあり、天井が張られていて屋根裏は普通見えないのだが、雨漏りのために天井の板が腐って三分の一ほどがむき出しになっていた。

そのため、柱を中心に垂木《たるき》や梁《はり》が見える。

見たこともない、知識もないものを夢で見るだろうか。

鉄斎先生の邸宅を辞去した後、小鈴と町をぶらぶら散歩しながら時間を稼いでから任家に戻ったが、もちろん第二母も春燕も帰っていなかった。

わたしは小鈴と一緒に菓子を食べながら、粗末な部屋——雪花の部屋は質素だった——でこの事態を整理しようとしていた。

——こんなに長時間続く夢があるかしら。

しかもお腹《なか》まで空いている。

「鉄斎先生の奥様がくださったお菓子、甘くておいしいわね」

小麦粉を捩じり合わせて揚げたような、見た目はチュロスに似た食べ物で、空腹だったせいもあってとても美味《おい》しい。

「鉄斎先生の奥様お得意の索餅《さくべい》でございますね」

「これ、索餅っていうんだ、ふうん……」

わたしが感心して呟くと、小鈴がまた驚愕《きょうがく》した顔になった。

『こんなありふれた食べ物の名前まで忘れるなんて、お嬢様はとうとう壊れてしまった』と思ったのかもしれない。

それにしても、夢だとごちそうを食べる前に目が覚めそうなのに、リアルな食感、味覚。物珍しさもあってじっくり楽しんで一息ついた後、夜になって父に呼ばれた。

「なぜ雪花は毬場亭に来なかったのだ？　今朝は、具合が悪い様子などなかったのに」

その晩、父の問いに対して、第二母は涙ながらに訴えた。

「お許しください、旦那様！　あれは方便です。実は雪花が逃げ出してしまいまして」

「なんだと？」

「馬車の前に飛び出してきた庶人を見物しようと外に出て――私は雪花を止めたのです！　でもどうしても言うことを聞かなくて、外に出たきり戻らなかったのです。小鈴を呼びにやってもいうことを聞きません。遅れてしまっては任家の家名を汚すことになると思い、春燕だけでも先に毬場亭に向かわせたのです」

「そうよ、雪花姉さまは人死にを見たくて、庶人に交じって見物していたんです」

春燕も実の母を援護射撃している。

――なるほど、いつもこうやって雪花に罪を着せていたのね。

今までの雪花なら、ひとことも返せなかった。そもそも第二母に逆らって馬車の外に出るということもなかっただろう。

やり返さない気弱な娘と高をくくっているからこそ、いつもいびってきたのだ。

「雪花、本当か」

父が怪訝《けげん》な顔をして言った。

第二母がこちらを睨《にら》んでいる。

余計な事を話したら承知しないぞと、目で威嚇《いかく》しているのだろう。

それを見たら反発心がむくむくと湧き上がってきた。

原作を読んでいた時の、主人公に対するもどかしい気持ちがここで噴出したのだ。

「馬車を降りたのは本当です、お父様」

わたしはきっぱりと言った。

原作の世界観では、弁が立つ者が圧倒的に強い。

だから、どんなに行いが正しくても黙っていたら理解されない。

怯《おび》えて口を閉ざしていては毒死ルートまっしぐらなのだから言わせてもらう。

「なぜ降りた、雪花？　おまえは面白半分に人死にを見ようとしたのか？」

「お父様、その庶人は死んでなどいませんでした。第二母様が轢き殺してでも進めと言ったのでわたしが止めました」

原作の雪花は第二母が怖くて何も言えなかったがわたしは違う。

この時のわたしはまだ、夢の中のことだからと大胆な気持ちでいたのだ。

「なっ、……なんだと？　竹娘、本当か！」

予想外の雪花の告発に驚いたのだろう、一瞬呆《ほう》けた顔をしていた第二母だったが、父の詰問に我に返った。

「ひっ、違います！　聞き違いです、そこまでは言ってません！」

「ではなんと言ったのだ」

「そ、それは……その……庶人は貴人とは違って……罪に問われることは……」

「轢いても罪にはならぬと？　馬鹿者！」

さすがに父も呆《あき》れている。わたしはさらに続けた。

「外に出てわたしは初めて知りました。任家の馬車と知れたとたん、町人たちが石を投げてきました。お父様が皇帝陛下のために戦い、尽くしているのに、任家がこれほど庶人に恨まれているのはなぜでしょうね？」

第二母の顔は真っ青になった。

日頃従順な雪花が反撃に出たことをようやく理解したらしい。

「だ、旦那様！　嘘です。雪花は嘘を言っているのです。私を困らせようとしてひどい娘ですよ。私はただ急げと言っただけです。遅れたらと思うと動転して少々言葉が過ぎたかもしれませんが、いまとなってはよく覚えていません。今日の毬場亭詣ではいわば皇太子殿下の嫁探しのようなものでございます。わが娘がその座を射止められなかったら、皇城は朱家に牛耳られてしまいます。それでも庶人の命のほうが大事だとおっしゃいますか？」

第二母がしどろもどろで言い訳をする。

そしてこちらにきつい眼差《まなざ》しを投げてきたが、わたしはそんな脅しにはのらない。

「庶人といえど命ある者を踏み潰していいはずはありません。それは任家の名を汚す行為です。

わたしは、せめて怪我人を道の端に救い出してから馬車を出すべきだと思い、見物人の手を借りてその怪我人を運び、介抱したのです」

「嘘！　嘘！　お母様はそんなこと言ってないわっ。雪花姉さまは何かに取りつかれてしまったのよ！　お母様にこんな意地悪を言うなんて、本当にひどいお姉さま」

春燕は必死に第二母に加勢する。

きっとこんなふうにして、二年後に、この事件は全て雪花のせいにされるのだ。

それを防ぐためにも医師に事情を説明して怪我人を預けた。証人はひとりでも多いほうがいい。万一あの怪我がもとで老人が亡くなったとしても、雪花に知恵があれば、鉄斎先生に証言を頼んで誤解を解くことができるだろう。

「嘘だと思うのなら、事故のあった通りの、承安坊《じょうあんぼう》の界隈《かいわい》の人々に聞いてみてください。見たままのことを言うでしょう」

坊というのは都城内の区画の単位で、現代の感覚でいうと東西一キロ弱、南北六百メートルほどあり、各区画に〇〇坊、という名前がついている。

そこそこの官人の屋敷なら四軒建つくらいの広さである。

坊の名をはっきり言って現場を調べてもらえば町人の証言をとれるはずだ。

一応、この世界にも大理寺《だいりじ》という、裁判所のような機能もある。

わたしはどこまでも食い下がって第二母の悪事を暴いてやるつもりだった。

しかし――。

「もう、いい。下がれ」

父はそう言ってこの問題を収めようとした。

「今日のことは雪花の言うことにも一理あるので免じよう。だが、雪花よ、朱家の権勢を抑えなくては国政に歪《いびつ》が出るのも必定。それに対抗するには皇太子妃の座を朱家の娘に奪われてはならんのだ。竹娘のその一途《いちず》な思いから言葉が過ぎたかもしれぬ。ここはどちらも許そうとしよう」

「旦那様、ありがとうございます」

第二母はひれ伏した。

わたしが先に立ち去ろうとすると、父が引き留めて言った。

「雪花。母でも間違うことはある。生《な》さぬ仲《なか》ではあっても、幼い時からおまえを育ててくれた恩義ある竹娘を、支えこそすれ非難することはならん」

わたしは少しだけヒロイン雪花の気持ちがわかった。

万事この調子では、自分の主張をあきらめてしまうのも無理はない。

その時、第二母がこちらを一瞥《いちべつ》した目の邪悪なこと。

『覚えていらっしゃい、ただではおかないから』

血走った目が、そう語っていた。

やがて、雨が降ってきた。

わたしは、雨水が雨樋《あまどい》を伝って流れ落ち、中庭に掘られた四角い穴に溜《た》まっていくのを部屋の入口から見ていた。

今は雨ざらしだが、回廊の欄干《らんかん》を背もたれにして座れるような長椅子になっているのも面白いのだ。ちょっと体をひねらないといけないが、晴れた日は廊下の長椅子に座って、侍女と中庭を見て涼んだりおしゃべりをしたりするのもいいかもしれない。

もっとも、雪花にはそんな楽しみがあったかどうかはわからない。

原作によると、雪花は子どもの頃にさんざん叩《たた》かれた結果、第二母に逆らわなくなって、この年頃では打たれることはほとんどなくなり、腕をつねられたり足を踏まれたりするくらいですんでいた。

原作の雪花は気づいていないだろうが、自分に非がないのに殴られることは異常なのだ。

それでも肉親のすることなのだから正しいと思って逃げられない子供も多い。

ましてや権力が全てのこの世では。

——でも、外の世界のほうがやさしい。

＊　＊　＊

わたしは鉄斎先生の奥様のやさしい眼差しを思い出していたが、その時突然、あの青年の姿が脳裏に浮かんだ。

原作にはいなかった名も知らぬ人が、どうして体を張って雪花を守ったのだろうか。

正義感からだろうか。だとすると、やはり高官になる人なのかもしれない。

あらためて思い出すと、高貴な面差しをした美青年だった。

指通りのよさそうな黒髪は背中まで伸びて、彼がきびきび動くたびに揺れていた。

衣は丸衿の袍。その色は空の高みを思わせる青い衣が清々《すがすが》しかった記憶。疾風のように駆けつけて投石を薙ぎ払った身のこなしから、武芸にも秀でた人と思われる。声高らかに民衆を一喝し、憤る人たちを瞬時に静めて手伝いまでさせる統率力も凡庸ではない。

どこかの貴公子なのかもしれない。

——雪花はあんな人と添い遂げたら幸せになったんだろうな。

そんなほんのり甘い感傷を穿《うが》つ悲痛な声が聞こえた。

「お嬢様！　大変ですっ、奥様が杖を持っておいでになります」

小鈴が慌ててやってきた。

「奥様は今日お帰りになってから、随分ご機嫌が悪かったですし」

だが、父の前で悪行を暴露した仕返しはそれくらいではすまされないだろう。

あの日を見ればわかる。

――でも、雪花が毬場亭に行かなかったことは第二母にとって好都合だろうに、どうして機嫌が悪いのかしら。

目ざわりな雪花がいなかったのだから、春燕はさぞかし若い貴公子たちの関心を独占できただろうに。皇太子と話すチャンスもあっただろう。

それなのに上機嫌ではなかったとは。

朱家の麗林《れいりん》――後に皇太子殿下の側室になる最強、最悪のライバル――も招かれていたから、その陰に隠れてしまったのかもしれない。

だからといって、こちらにとばっちりがくるなんて。

理不尽だ。

虐待というやつだ。

「お嬢様、どうしましょう！」

荒っぽい足音が近づいてくる。

小鈴の顔が恐怖にひきつっていた。

わたしは、どうせ夢だからとのんびり構えていたのだが、第二母の激高した声を聞いたらぞっとした。

「雪花、覚悟なさいっ」

――ひぃ、こわっ。

その時、わたしは気づいた。

父母の部屋から離れた二階の端の狭い部屋を宛《あて》がわれていただけの雪花は、昔からこの部屋で折檻《せっかん》されていたという実感に。

この屋敷の全体構造は、中庭を囲んで四方に建物が建っている。

一階の正面の部屋は大広間で、ご先祖様の写し絵が三体飾ってあり、祭壇があって、天井からは赤い提灯《ランタン》が二つぶら下がっていた。その隣に父母の部屋や厨房《ちゅうぼう》、倉庫があり、二階はそれぞれの部屋が、廊下でつながり「回」の字の形のようにひと続きになっている。

階段を上がってから上り口の蓋をおろしてしまうと、完全に一階とは遮断されてしまうし誰も来ない。しかも、今は雨足が激しくなっているため、杖で打つ音も雪花の泣き声も、父の耳に届かない。

つまり、今の状況は折檻するにもってこいなのだった。

「え、これ、夢だよね？　早く醒めて？」

しかし醒めないどころか、とうとう部屋の入口に第二母が現れた。

杖を持って仁王立ちしている。

雪花は身震いした。

——でも、夢なら痛くないわよね？

と思いながらもとっさに周囲を眺め、衝立《ついたて》の陰に隠れた。

「雪花！　さっきはよくも！　でたらめを言った罰よ」

第二母は杖を振り上げてきた。

「嘘なんか言ってません」

わたしは衝立の後ろで反駁《はんばく》した。

「お黙り！　口答えなど許さない」

第二母の振り下ろした杖は衝立に当たったが、少しだけ雪花の肩をかすめた。

「い、いったぁあああっ」

痛い！　夢なのに痛すぎる。

ちょっとかすっただけなのにすごく痛い。

そういえば馬車が立往生した時に投げられた小石も、小さなものが当たった時もわずかだが痛みがあった。あの時は不思議に思わなかったけれど。

中華時代劇で杖刑《じょうけい》というのをよく見た。杖で殴っただけで死ぬだろうか、大げさなと思っていたが、実際に受けてみてわかった。

これは三十回もまともにくらったら本当に死んでしまう。

――待って待って待って！　これ、夢じゃないんじゃない？

高みの見物くらいに思っていたわたしは、はじめて命の危険を感じた。

「誰か助けてぇ！」

わたしは叫んだ。小鈴は非力ながらも第二母を止めようとしてくれたが、突き飛ばされたところを、さらに杖で叩かれてしまった。二発、三発と。

「やめてっ、小鈴を叩かないで」

思わずわたしは立ち上がった。

「それなら出てきなさい、雪花！」

彼女は準備運動のように、衝立を二度、三度力任せに叩いた。

スマホがあったらこの様子を動画に撮って父に見せるのに。

しかし、第二母の息が切れて、その動きが止んだ時、天井で何か動く気配がした。

「……何？」

彼女の声に反応するかのように、天井からチューチューという鳴き声が聞こえる。

「ネズミ？」

第二母がその物音に気を取られている隙に、雪花は衝立から離れて部屋の戸口に向かった。

「小鈴、逃げるのよっ」

廊下は今、階段口がふさがれてしまっているが、若さにものを言わせてぐるぐる走り回っていればそのうちに第二母の体力も尽きるだろう。

そう思って小鈴を廊下に押し出して自分も走ろうとしたが、裾がからまって思ったように速くは走れない。

「お待ち！」

ぐいと袖を引っ張られて捕らえられた。

日頃十分に食事を与えられていない雪花の体力の限界だった。

背中に杖の一撃がくる……。

あれをまともに受けるのかと諦観した時、突然金切声が上がった。

「ぎゃああああっ」

雪花が驚いて竹娘を見上げると、彼女は首筋に張り付いたどす黒いものを退けようとあがいていた。

「ね、ネズミ、ネズミが首に！　ひぃぃぃいっ」

第二母は悲鳴を上げながら雪花の部屋を出て廊下を走っていった。

「誰か、とってぇ。誰か！」

恐慌をきたした声が遠ざかっていくと、雪花は床に座り込んだ。

「何……今の……？」

とにかく助かったという思いでしばらく動けなかったが、その時、また天井で気配がした。

「ははははは」

突然おりてきた笑い声は、この屋敷で聞いたことのないものだった。

「誰？」

雪花が天井を仰ぎ見ようとした瞬間、目の前にすとんと青い衣が翻《ひるがえ》る。

「……っ、あなたは!」

路地で石礫を投げられた時に助けてくれた青年が目の前に立っている。

全身雨で濡《ぬ》れており、髪からも雫《しずく》が滴っているが、それがまた妖艶さを引き出している。

彼は今度はひそめた声で言った。

「大丈夫か? おまえはよくよく災難に遭うのだな」

――どういうこと? っていうか、いつの間に、どこから入ってきたの?

まあ、確かに天井は破れているから屋根裏伝いに来られないことはないけれども。

いくつもの疑問がいっぺんにわいてきて、何から尋ねていいかわからない。

迷った挙句、雪花は言った。

「さっきの第二母様はどうしたの、いったい? ……ネズミって……?」

「ただの濡れ雑巾《ぞうきん》を首筋に落としてやっただけだ。すっかりネズミと思い込んで滑稽《こっけい》だったな」

雪花は呆然と青年を見た。

つまり彼は、天井裏に潜み、第二母の攻撃を止めるためにネズミの鳴きまねをし、濡れ雑巾を首筋に落として驚かせたということだろうか。

「あなたは何者?」

「通りすがりの者だが……いつもあのように殴られているのか?」

いやいや、通りすがりに屋根の上は歩かないでしょうが。

原作にはなかったエピソードなので、彼は重要キャラではないだろうけれど、(わたしの妄想の産物だからか)わたしの好みど真ん中のイケメンである。

「杖で叩かれることはもう何年もなかったと思うけど、助けてくれてありがとう」

「いや、たまたま来ただけだ。……これ、返す」

彼は見覚えのある簪を差し出した。わたしが治療代にと鉄斎先生に託したものだ。

「あの後、先生に会ったの? これはあなたに上げたのよ。あなたがお代をたてかえてくださったそうだけど、わたしはこのありさまだからお金を払えなくて……」

「あの医者が言っていたことは本当だったんだな。おまえは任将軍の長女だけど、継母《まはは》からいびられてるって」

「鉄斎先生がそんなことを?」

雪花が訴えたこともないのに不思議なことだ。

病弱な実母は生前、鉄斎先生のお世話になっていたから、その時に娘を頼むとでも言っていたのかもしれない。

「親に内緒で怪我人を連れてきたというから、そんなことがばれたらまた折檻されるんじゃないかと心配していた。もしそうならこれをと」

そして彼が懐から出した紙包みには膏薬《こうやく》のようなものが入っていた。

「打撲に効くそうだ」

――そこまで？

鉄斎先生の温情から、雪花がどれほどひどい目に遭ってきたかを改めて実感した。

「ありがとう。小鈴がぶたれてしまったから彼女に使わせてもらいます」

「お嬢様……」

小鈴がめそめそ泣いている。

「かわいそうに、ごめんね。小鈴……すぐに軟膏《なんこう》を塗ってあげる」

わたしは彼女の背中をさすった。

青年はぽつりと言った。

「いっそ……俺とくるか？」

「ええ？」

それはどういう意味だろう。

「どこへ？」

「辰州《しんしゅう》、俺の住処。明日には発《た》たなくてはならない」

「辰州……」

それは、原作には名前がちらっと出てくる程度のモブキャラ、第二皇子の所領だが、彩都からとても遠い。その上、飲んだくれで女遊びばかりしているダメダメな第二皇子がろくに治めていないせいで、蛮族が徘徊《はいかい》する荒廃した地域だと聞いている。

——でも、それもあり、かも。

後宮から遠ければ遠いほど、雪花の毒死の結末から遠くなる。

「お嬢様！」

突然、小鈴がそう叫んで、首を振った。

そんなこと絶対だめですと目で訴えている。

「小鈴？」

「お嬢さま、差し出がましいですが、そのような甘言に耳を貸しちゃいけません！　その人は名前も出自も言わないじゃありませんか。どこの誰ともわからない人についていっていいはずがありません」

「おまえに聞いてるんじゃない」

青年は小鈴をたしなめるように言うとこちらを見返した。

「出自も名も、今は言えない。だが、ついてくるなら必ずおまえを守る」

「でも、なぜ……？」

わたしが青年の動機がわからずに問い返すと、彼の顔がほんの少し赤らんだ。

——えっ？　この反応は……もしや一目惚《ひとめぼ》れということ？

そういえば、原作にも雪花は儚《はかな》げな美人で誰もが一目見ただけで惹《ひ》かれてしまい、そのか弱さについ手を差し伸べたくなるのだと書いてあった。それゆえに、並ぶと実娘がかすんでしまう悔しさに第二母から嫌われているのだと。

「迷惑をかけることになりますよ?」

わたしはダメ押しでそう言ってみた。

その美貌の青年は目を逸らして答える。

「かまわぬ。迷惑とは思わない」

——なるほど。

いいかもしれない。

夢はやがて醒めてしまうだろうけれど、わたしが現実世界に戻った後、この二人が逃避行の末に結ばれて幸せになる結末を思い描いて楽しめるだろう。

——明らかに皇太子妃になって毒死するルートからは外れる。

名も地位も言えないということは、庶人ではないが訳アリということだろう。

正義感も強そうだし、きっと助けた娘のことも大事にしてくれるに違いない。

——でも……。

彼が豪商の庶子か、高官を目指し都に出てきた、武芸にも優れた将来有望若者だとしても、皇帝の忠臣である任将軍の娘を誘拐したらどうなるか。

わたしはうーんと唸《うな》ると、結論をくだした。

「あなたにわたしを助ける義理はありませんし、このままわたしがついていったら、あなたが人さらいの罪人になってしまいます。ですから、娶《めと》る気があるのなら両親に正式に申し込んでください。母は賛同してくれるかも……」

いくら皇太子妃毒死ルートを回避できても、誘拐犯として指名手配された男と逃げて幸せになれる確証はない。

わたしがいなくなった後、自分でなかなか判断できない雪花のためにちゃんとした道を作っておかなくては安心して現実世界に戻れない。

父は雪花を皇族に入れるという野望があるが、第二母には春燕がいるし、雪花を疎ましく思っているのだから、案外父を説得してくれるのではないか。

しかし、彼はそんなわたしの心情を理解できるはずもない。

やんわり断られたと思ったのか、傷ついた顔をして言う。

「俺はおまえをかわいそうに思って――」

彼はそう言いかけたが、そのあとは口をつぐんだ。

しばらくの間、憤慨したように顔をあからめていたが、やがて舌打ちをすると言った。

「わかった。だがそうなると今すぐは無理だ。迎えにくるまでにいびり殺されてもいいのか」

――高官になってから、あるいは自分の親を説得してから迎えにくるということね。

「大丈夫です。今日は不意打ちだったけど、次からはちゃんと防備を整えます」

現世には防弾チョッキというものがある。

そこまではいかなくても、暴漢から身を守る技もある。

ましてや相手は中年の女性なのだ。

かよわい雪花だって鍛えれば勝てるはず。

「だが、その前に冊封《さくほう》されたらどうする？　行くのか？」

ここでいう冊封とは、宮廷に召喚されて女官になることで、これを拒むことはできない。女官になれば何年かの年季が明けるまで一般人との結婚はできないし、皇帝に気に入られれば妃嬪になる可能性もある。

「あと一年は大丈夫なので、それまでに必ず来てくだされば……」

原作だと皇太子妃に選ばれるのは翌年の花見の宴の時だから、それまでは大きなイベントはないはずだ。

「わかった。なら、これはその約束の証にあずかっておく」

彼は簪を再び自分の懐《ふところ》に入れた。

「絶対ですよ」

絶対に雪花を幸せにしなさいよ、と心の中で念を押す。

「あと、仮の名でもいいので教えてください。さもないと忍者さんとか濡れ雑巾の君とか、適当に仇名《あだな》をつけますよ」

わたしがしつこく名を尋ねると、彼はチッとまた舌打ちをした。

「……セイメイ」

――せいめい……生命……清明、晴明? それとも……ま、いいか。

わたしは頷《うなず》いた。

「わかりました。お迎えお待ちしています、セイメイさん」

「では簪と引き換えに俺からはこれを――」

そう言って、彼が手渡したのは、玉《ぎょく》の腕輪だ。

この世界での価値観はわからないが、美しさは格別だ。

小鈴は打たれた痛みも忘れたように叫んだ。

「翡翠《ひすい》の腕輪に金剛石や赤瑪瑙《めのう》……真珠まで埋め込んであります!」

現金なもので、彼女の警戒心はすっかりなくなっているようだ。

「金が要る時や、ひもじい時にこれを売れ。絶対に死ぬな」

彼はそう言い残すと、忍者のようにひらりと庭の木に登った。

彼がどうやってこの屋敷に侵入したのかよくわかった。

セイメイは木の枝から屋根へと飛び移ると、土砂降りの雨の中、足音もなく立ち去った。

「なんて美しい腕輪でございましょう。こんな高価なものは春燕お嬢様だって持ってませんよ。もしかして、あの人はどこかの貴公子なのでしょうか。あたし、失礼なこと言っちゃいましたかね……」

小鈴が惚《ほ》れ惚《ぼ》れと見入っていたが、こんなものを身に着けたら絶対に春燕や第二母に見咎《みとが》められ、取り上げられるに決まっている。

「当面売ることもないし、これは隠しておくわよ」

わたしは数少ない家具である箪笥《たんす》を細工し、引き出しの下の隙間にそれを隠した。

「雪花が……いえ、わたしがもしこのことを忘れてしまっても、小鈴はこの隠し場所を覚えて、そして必要な時には教えてちょうだいね」

小鈴は理解不能な顔をしていたが、わたしはこうして自分が現実世界に戻った後の雪花のために、いざという時のためのたくわえを隠した。

身の上不詳だけど顔も性格もよさそうな伴侶もキープした。

さらに夜なべをして、第二母からの折檻から身を守るための防弾チョッキならぬ防杖《ぼうじょう》チョッキを小鈴と雪花の分として二着作った。

次に第二母が杖を振り回して走ってきたら、すぐにそれを衣の下に着こんでおくのだ。

十発くらい叩かれたら大げさに悲鳴を上げて気を失ったふりをする。

そうすれば第二母も満足して立ち去るだろう。

小鈴にもこの作戦を話し、『わたしがもしこのことを忘れていても、二人ともこれを身に着けて、杖刑《じょうけい》を乗り切るようにお願いね』と何度も念を押した。

これで、彼が迎えにくるまで、雪花は大きなダメージを受けずに過ごせるはずだ。

「やっと枕を高くして寝られるわ」

ベッドというか、腰高になった床というか――小鈴によると『炕《かん》』といい、煙によって全戸を温めている床下暖房のような仕組みらしい――に横になった。

わたしは夜なべの疲れもあって寝床に入るとすぐに入眠した。

明日になったら、ちゃんと夢から醒めているだろうと信じていた――。

第二章

しかし、結局わたしが元の世界に戻ることはなかった。

──これはもしかして……

いわゆる異世界転生ってやつですか？

では、現世のわたしはどうなったのか。

確かにあの夜のわたしは、決算期のサービス残業でかなり疲れていた。

無理がたたって過労死したというところだろうか。

部署は大騒ぎになっているんじゃない？

とにかく同僚や上司に連絡しなくちゃ。

え、同僚って誰だっけ。

あれ？　上司の名前すら思い出せない。

ただ、鮮明に覚えているのは、最期に読んでいた後宮小説のタイトルと内容と、自分が社畜だったことだけ。

ここではもはや電話もメールもできない。

もう元の世界は、わたしの手の届かないものとなったのだ。

――そうかー、終わったのか、わたしの人生。

後宮小説のヒロインの最期に文句を言っていたけど、わたし自身の幕切れのあっけないこと。

そんなことを思っていたら。

「雪花お嬢様？　どうしました？」

小鈴がまた心配そうにのぞき込んできた。

――よりによって、任雪花に転生してしまったとは。

皇太子妃になった後に謀略の餌食《えじき》となって死んでしまう、あのヒロインに。

感慨に浸っている場合じゃない！

他人事じゃなく、死亡ルート回避しなければ。

できれば、第二母娘にいびられる日常からも脱却したい。

そのためには準備と計画が必要だ。

こうしてわたしは意外と抵抗なく異世界転生を受け入れたのだ。

ある日、上司へのご機嫌伺いか、副将軍から任家に豪華な布が贈られてきた。

派手な赤は妹のものとわかるが、臙脂《えんじ》に梅花の刺繍をした布は雪花に宛てたものだろうに、それを第二母が取り、若い娘にはどうみても地味な、くすんだ緑の布を雪花に割り振ったのだ。

「ちょうどいい、雪花はこれを舞踊の衣装に仕立てましょう。春燕、おまえにはこの赤い布に金刺繍をしてあげる」

ところが、仕立てがってみると、くすんだ緑の衣は――まあ、自分で言うのもなんだが設定だから仕方ない――雪花のその肌の白さを引き立て、皇宮においてもおかしくないほど品がよく見えた。生地自体が上物だからだろう。舞踏用としては地味ではあるが。

第二母はわたしの袖に触れ、「まあおまえは何を着ても地味だわね。こんな上物の生地をあてがってやったのに」と言いながら人にわからないようにわたしの腕をつねった。

わたしは「あっ」と頼りなげに小さな悲鳴を上げてふらつき、第二母によりかかってその足を思いっきり踏んだ。

第二母は大げさに痛がっていた。

わたしは、雪花に手を出せば自分も痛い目を見るということを学習させるつもりだ。

そんなことが何度か続いていたので、とうとう第二母の堪忍袋の緒が切れた。

その夜、第二母が折檻《せっかん》にやってきて、とうとうあの防杖チョッキの出番がやってきた。

「今日という今日は許さない！」

第二母が杖を振り上げてやって来た時には、わたしは既に防具を装着済みだった。

「後ろをお向き！」

わたしは素直に言われたとおりにした。

チョッキを着こんでいるのがバレないように髪を背中に垂らしておいたが、そんなことはみじんも疑わないほど気が急《せ》いていたのか、第二母はすぐに杖で背中を打ち始めた。

肌に接する側には綿を入れ、外側には武具を磨くための革を手に入れて重ねておいたので、叩いた感触にも違和感はないはずだが、わたし自身が受けるダメージもかなり少ない。

三十発もやられたらどうなるか自信はないが、第二母もそこまではしないだろう。

わたしが十発ほど背中を叩かれて気を失ったふりをしたら、第二母はすっかり満足して部屋を出ていった。

「お嬢様、大丈夫ですかっ？」

小鈴の声にわたしは薄目を開けると、にやりと笑って言った。

「これ、使えるわ」

第二母も鬱憤《うっぷん》を晴らせるし、自分も痛くないしウィンウィンでいいのではないだろうか。

こんなふうにして、わたしはわりと快適に暮らしていた。

＊　＊　＊

「やっぱり口約束でございましたね」

小鈴がそう言って、憤《いきどお》ったような顔をする。

結局、誰の申し込みもないまま例の花見の宴の日が近づいていた。

「とはいえ、翡翠は珍しくありませんが金剛石は本当に美しいものでございます」

口約束の品とは思えないような豪奢な腕輪を時々引き出しの奥から出して眺めていると、小鈴も近づいてきてうっとりとそれを見つめる。

彼が本当に来なかったのか、それとも父が全ての申し込みを跳ね除《の》けてしまったのかはわからない。

第二母なら、春燕が宮廷入りすればいいのだからと——その上、辺鄙《へんぴ》な土地に雪花を追いやることができて好都合なはずだ——父を説得してくれると期待したのだが、その様子もない。

小鈴の言うとおりなのかもしれない。

「でも、お嬢様はやはり旦那様のお望みどおりに、皇太子妃になられる運命なのですよ。あんなどこの馬の骨ともわからない人に惑わされてはダメです」

小鈴は雪花の末路を知らないから呑気なものだ。

運命の分かれ目となる重要なポイントは既に処理しておいた。

しかし、執念深い第二母のことだ。このままわたしが皇太子妃になったら、別の理由を見つけてでも雪花を陥れようとしてくるだろうから、油断はできない。

毒死は回避できたとしても、そもそもわたしは皇太子妃になりたいとは思わない。

実際に会っていないからかもしれないが、皇太子に対する憧れも妃の座への野心もない。

父に義理立てしようという気持ちもない。

それだけじゃなくて――。

――どうして迎えにこないの？

二度も助けてくれて、これからも守ってやると約束したのに。

一年以内にと約束したのに。

彼からなんの知らせもないことに裏切られたような気持ちになっている。

ええ、そう。認めます。

わたしは王子様のように飛び出して助けてくれたセイメイさんについていきたいのだ。

彼は見た目も性格もど真ん中なのだ。

性格はわずかのやり取りだけだから本当のところはわからないが、たぶん照れ屋で、素直に好意は表せないかもしれないけど心のやさしい一人称「俺」の彼。ツンデレ属性の可能性を感じさせる、あの美青年が好きだ。

わたしはもう、原作の雪花のためではなく、自分自身が彼に会いたいのだ。

そのためには、花見の宴で皇太子妃に選ばれないように画策するしかない。

＊　＊　＊

銅鑼《どら》の音に、わたしは我に返った。

皇太子妃選びの宴が始まったのだ。

「お嬢様、そろそろご用意を。春燕お嬢様はもう行かれてしまいましたよ」

小鈴がそう言って舞踊のために用意してきた衣装を広げた。

「いつもながら控えめなお色ですね、お嬢様」

「そうね……春燕の引き立て役なのよ。でも、仕立ての腕は見事だし、副将軍から（たぶん第二母様へ）の贈り物だから布地はとても上物よ」

わたしは控えの間から庭を覗いた。

内庭に赤い毛氈《もうせん》が敷かれて、中央に舞台がしつらえられている。

舞台の正面に座っているのが皇太子で、その隣にいるのが第三皇子だろう。

第二皇子は遠い辰州に飛ばされているので、当然列席していない。

奏楽が鳴り始め、皇子たちは楽し気に杯《さかずき》を傾ける。その腹の内はわからないのだが。

第三皇子である申王《しんおう》のお抱えの芸人が歴史的戦を再現する集団舞踊を繰り広げている。

花嫁候補たちはそれぞれの控えの間で準備をしながら出番を待っていた。

「お嬢様、もうお出《い》でになりませんと」

小鈴が急《せ》き立てる。

「う……ん、いたたた」

わたしはお腹を押さえて呻いた。

「お嬢様！　お嬢様？」

「ちょっと待っててね」

わたしはしらじらしい小芝居をしながら控えの間を出て、廊下を歩いた。


その時、突き当りの一室で女が揉《も》めているような声が聞こえてきた。

怒りを含んだ声とすすり泣きの中に、「任家」という聞きなれた言葉が混じっている。わたしは何事かと思い、足音を忍ばせてその部屋に近づいた。

泣き言のうちには「麗林お嬢様」という言葉も聞こえる。

――ここは朱家の控えの部屋だわ……。

聞き耳を立てていると、こんな会話が繰り広げられていた。

「なんてひどいことを！　麗林お嬢様の衣にこんなことを」

「本当に！　任家の仕業に違いないですよ。お嬢様の衣装に泥水をかけるとは、なんて卑劣な！」

　これは朱家の侍女の声だろう。

「おやめなさい、あちらの仕業と決まったわけではないわ」

　話の流れから、その声は朱麗林に違いない。

　侍女の繰り言はさらに続く。

「宦官《かんがん》に衣装匣《いしょうばこ》を預けた時はなんともなかったのに、控えの間に返された時にはこんなふうに汚されて……運んできた女官がやったのでしょう。あの任家の息のかかった女に違いありませんよ！」

――えええっ、朱麗林はそんなことになっていたの？

　わたしは驚いた。

　原作では麗林は華やかな衣装を着て堂々と踊っていたはずだ。

　麗林がそんな災難に遭っていた話は知らない。

　雪花は春燕を引き立てる地味な衣装だったが、後宮に対して贅沢《ぜいたく》を戒めようという気風が興《おこ》っていたため、それがかえって気に入られてしまったのだ。

　わたしが本来の雪花だったらしないような行動をしたために、いろいろと変わったのかもしれない。

「シッ、声が高い。滅多《めった》なことは言わないで。もしも皇后陛下のお付きの者だったりしたら、こんな陰口が知れたら大変なことになるわ」

朱家の女たちの会話はまだ続いている。

「でも、麗林お嬢様……」

「だめよ、それ以上何も言わないで。私はせいいっぱい踊るだけ」

——これは後宮内の派閥争いかもしれないわね。朱家の権勢が大きくなりすぎるのをよく思わない人もいるだろう。

どうしよう。

彼女には太子妃になってもらわなくてはならないのに。


再び、銅鑼《どら》が鳴った。

『これよりご令嬢方の舞踊のお披露目《ひろめ》でございます』

園庭から宦官の高らかな声が聞こえた。

朱家の控えの間では侍女のすすり泣きがまだ続いている。

わたしは、朱家の控えの間に入っていった。

「あっ、……何者?」

「あなたは任家の——」

麗林の侍女たちが色めき立つが、わたしはかまわず近づいた。

──これはひどいわ……。どうしてこんな……誰が？

朱家の女たちが見下ろしている衣は、漏れ聞こえたとおりの無残な姿となっていた。

「あの……もしよかったら、だけど……わたしの衣装を使っていただけませんか？」

わたしがそう言うと、麗林はこちらの意図を探るかのようにしばらく見つめていた。

造作が大きくて華やかな顔立ちで、その表情や雰囲気から、さっぱりした気性が窺える。

わたしは続けた。

「正直言うと、わたしの衣装は地味です。でも、生地は上物ですから、あとはあなたの舞踊の腕次第かと」

麗林の侍女はまだ怒りの収まらない顔で言った。

「やっぱりあなたがやったのね？　麗林お嬢様の衣をこんなにして！　よくも顔を出せ──」

「おやめなさい」

麗林がぴしゃりと侍女を叱った。そして雪花に向き直って言う。

「ご親切にありがとう、雪花さん。その衣装を見せていただくわ」

彼女はそう言って、わたしの目をまっすぐに見つめた。

悪役だと思っていたけれど、その瞳は澄んでいて、端麗な顔立ちも、春燕や第二母のように憎しみに歪んでいたりしていない。

──麗林って、そんなに嫌な人じゃないんじゃない？

「小鈴、わたしの舞踏用衣装を麗林さんにお貸しするわ。お渡しして」

小鈴はさぞ驚いただろう。

お腹が痛いと言って出ていったわたしが戻ったと思ったら、父の仇敵《きゅうてき》ともいうべき朱家の令嬢の控えの間へと連れて行かれたのだから。

「えっ、そんな！」

「いいから。そうするのよ」

「でも、どう考えても、朱家を助ける義理なんてないですよ、お嬢様？」

小鈴をなだめて朱家の控室に行く。

しかし、その衣装を見た朱家の侍女たちは憤った。

「ええ……？　これを麗林お嬢様にですって？」

「うわ、貧相な衣装」

「こんなものだったら、お嬢様が今お召しになっている余所行《よそゆ》き着のほうがよほどましだわ！」

――確かに……。

しかし、麗林は中身が汚されているとは知らずに衣装匣を開けたのだろう、彼女が着ている余所行き着にも泥が飛び散っている。

麗林は戸惑った顔をしながらも、わたしの舞踏用衣装を見つめていた。

彼女の頭の中で、疑惑と焦りが渦巻いていたであろう。

麗林の侍女は断言した。

「麗林お嬢様、罠《わな》ですよ、これは！」

言いたい放題言ってくれる。

これには小鈴も負けずに言い返した。

「雪花お嬢様、こんな失礼な人たちに衣装を貸してはいけません。だいたい、舞踏衣装はこれしかないのに人に貸して、お嬢様自身はどうするのですか！　泥水かぶったかなんだか知らないけど当家は全く関係ないんですよ」

すると、麗林が驚いた顔をした。

「あなたのお衣装はこれしかないんですか？　舞踏はどうするの？」

「ええと、わたしは気分が悪くなったので部屋で休んでいるつもりなのです」

「……とてもお元気そうに見えるけど？」

麗林が眉をひそめて言う。

以前の雪花なら病弱そうに見えるだろうが、中身がこのわたしなので、儚げな佇《たたず》まいを醸《かも》し出せないのだ。

わたしは正直に話すことにした。

「ええ、お察しのとおり仮病です。わたしは、他に好きな人がいるので、後宮入りしたくないのです。そのことは両親には秘密ですが……だから、わたしは宴には出ません」

麗林は呆れた顔をして言った。

「まあ、大した自信ね。宴に出ればお妃に選ばれるとでも言いたいの？」

麗林の侍女たちも、図々しい、などとうそぶいている。

そう言われても原作がそうなのだから、致し方ない。

「そんなことを言っている暇に」

わたしは麗林の汚れた衣の前に膝をついて、縫いつけられた宝石を指さした。

「宝石は洗えばきれいになるから、地味な衣装でも宝石をつけ直したら少しは舞踊衣装らしくなるんじゃないですか？　麗林さんの出番は四番目だったでしょう。みんなで手分けしてやれば、間に合うわ、急ぎましょう。あなたは宝石を衣装から外して、そちらのあなたは宝石をきれいにして縫い付ける。小鈴は裁縫道具を借りてきて」

わたしは社畜だった頃の手際のよさで流れ作業の指示を出した。

「そんな、雪花お嬢様……宴に出なかったら奥様や旦那様からどんな罰を受けるか……」

小鈴は最後まで抵抗していた。

「春燕が務めるわ、わたしなんかいなくても。……第二母様なら喜ぶわよ、逆に」

わたしはそう言って小鈴をなだめた。

任家は春燕と雪花が二人で舞うことになっていて、それぞれが途中で見せ場を作ってアピールすることになっていた。

もちろん、ほとんどは春燕が前面に出ており、雪花はバックダンサーのようなものだ。

春燕が通してひとりで踊るほうが第二母の思惑に沿うことになる。

侍女たちと手分けをしてなんとか衣装を整えた麗林は舞台へと向かい、見事に舞い終えた。

＊　＊　＊

——もう決まる頃よね。

皆が踊り終わった頃合いを見計らって、わたしは物陰から宴の様子を見ようと思った。

ちょうど、宦官が皇太子に黒塗りの盆を差し出したところだった。

盆の上には牡丹《ぼたん》の花が一輪。

皇太子に耳打ちされた宦官は、その盆をうやうやしく掲げて花嫁候補たちの並ぶ列へと歩み出た。

彼はまっすぐに麗林に向かって歩いて立ち止まる。

「皇太子殿下よりこれを麗林殿に」

周囲で称賛と落胆の混じったどよめきが上がる。

花嫁に選ばれなかった娘たちの無念のため息、朱家が席捲《せっけん》することを慮《おもんぱか》る重臣たちの呻き。

その重臣の席にいた朱宰相と、任将軍の表情も対照的だった。
朱麗林の父は満面に笑みを湛《たた》えていたし、雪花の父の落胆は、隠しても隠しきれない。
――ごめんなさい、お父様。
ざわめきの中、麗林が頬を染めて牡丹の花を受け取った。
衣を汚されたというアクシデントの中、よく頑張ったと思う。
それに、これでわたしが彼女から筋違いな恨みを買うこともないだろう。

――やったわ！　皇太子妃を免《まぬが》れた！

わたしは心から嬉《うれ》しかった。
皇太子妃にならなければ後宮で毒死しなくてすむ。
わたしは心の中で小躍りしていたのだが、突然聞きなれた声が響いた。
「お待ちください！　申しあげたき儀がございます」
第二母だった。彼女は必死の形相だ。
どうしても春燕を後宮に送り込みたいのだろう。
父を見ると、口ぱくで第二母に何かを訴えている。
「竹娘、やめろ」と言っているように見えた。

本当にやめたほうがいいのに。

どんなに不満があっても、こんな場所で騒ぎを起こすべきではない。

選ばれなかった腹いせと悪あがきにしか見えない。

身内びいきを入れたとしても、風格と器量において、春燕は麗林に遠く及ばない。

そもそも前夫人の子をいびり続けるなど、母娘そろって狭量だ。

第二母の行動を阻止するかのように、父が言った。

「このたびは皇太子殿下ならび麗林嬢にお祝いを申し上げます」

しかし、皇太子も任夫人の物言いを聞き逃すことができなかったようだ。

任将軍の口上を手で制する仕草をすると、第二母に向き直った。

「聞こう」と、皇太子が言った。

「麗林嬢の衣装は、わが娘雪花のために仕立てた舞踏用衣装に酷似しております。そして雪花は舞踏の場に来なかった。これはどういうことでございましょう」

——ああ、気づいてしまったのね。

「その衣は雪花のものではありませんか?」

第二母は確信したように言う。こういうことに関しては本当に目敏《めざと》いのだ。

朱宰相は侍女任せにしていたのだろう、娘の衣装の異変には気づいていないようだった。

「私の娘がそちらの衣装を盗んだとでも言うのですか」と息巻いている。

麗林の顔から笑みが消えた。

口裏を合わせておかなかったから、彼女はどう答えていいかわからないのだろう。

――どうしよう……

わたしは想定外のことに焦りながら、言い訳を考えた。

後宮に入りたくないから衣装を譲って自分はわざと欠席したなどと、正直に言うわけにはいかない。

不穏な空気を一刀両断するように、皇太子が言った。

「そういえば、任雪花の姿が見えないな。本人が自分の衣装を持っていれば、麗林の潔白は晴れる。誰か、任雪花を探して参れ」

――さすがにもう隠れているわけにはいかない。

宦官たちが散り散りに動いたところで、わたしは物陰から出ていった。

「ここにおります、殿下」

結局わたしは、舞踏用の衣装を不注意で池に落としてしまったというお粗末な釈明しか思いつかなかったが、麗林を矢面に立たせておくのが忍びなかったのだ。

処刑場に向かうような気持ちで、わたしはとぼとぼと歩いた。

うまく説明しなければ、お妃選びは無効となり、麗林が咎《とが》められるかもしれない。

一歩、一歩と皇太子に近づきながら、わたしは恐怖に足が震えた。

「皇太子殿下、拝謁《はいえつ》いたします」

わたしは両手を肘のあたりで曲げて重ね、腰から深く体を折った。

高貴な人物への最大の敬礼の作法で。

原作の雪花の感覚が残ってるわたしの体は、皇太子殿下を前にあこがれと恐怖と悲しみの入り混じった、複雑な感情でいっぱいになった。

皇太子殿下は傲慢とも思えるような威厳を放っている。

直接目を合わせなくてもびりびりするような威圧感が伝わってきた。

同時に、雪花とは別の、「わたし」の感情がそれを押しのけてせりあがってくる。

気迫で負けるわけにはいかない。

「任雪花、なぜ今まで隠れていたのだ」

「はい――実は」

わたしが空元気で言い訳を始めたその時――。

「雪花、探したぞ」

皇太子とは別の方向から声がした。

顔を上げると、皇太子の斜め後ろに長身の男が立って、小ぶりの牡丹を一枝差し伸べている。

――あの人は……！

「令嬢たちを責めないでやってください。雪花の衣を隠して、舞踏に出られないように仕向けたのは俺ですから」

と、彼は涼し気に笑いながら言った。

さっきとは違ったどよめきが起こる。

――セイメイさん！　なぜ今ここに？

勝手に宮廷に入るなんて、大胆すぎる。

庶人ではないにしても、あまりにも無礼な行為だ。

「仕向けたとはどういうことだ」

皇太子が言うと、彼はこう答えた。

「俺はどうしても雪花を娶りたかったのです」

――待って待って、そんな言い訳が通るはずないのでは？

わたしは焦った。

彼が今にも皇太子殿下に捕らえられて殺されるのではないかとさえ思った。

だが、そんな不穏なことは起こらず、彼が太子の横を通り抜けてこちらに歩いてくる間、側にいた宦官たちが貴人に拝謁《はいえつ》するようなポーズを取っている。

――あれ？　セイメイさんは、意外と権威のある人物かしら。

皇太子の学友とか、寵臣とか？

とうとうわたしの目の前まで来て立ち止まると、彼は牡丹を差し出した。

それは生花ではなく、彼に預けた簪《かんざし》だった。

「そうだよな？　雪花」

助け船を出してくれたのは、わたしが待っていたその人。

約束の期限ギリギリにもほどがあるけれど。

「セイメイさん……！」

「俺と結婚してくれ。任雪花」

わたしは、彼に再会できた嬉しさもあったが、とにかく第二母の追求から話を逸らさなくてはと必死で、彼の手から牡丹の簪を受け取り、頷いた。

「はい」

わたしは混乱していた。

この場で切り捨てられてもおかしくないような非礼な彼を、なぜか皇太子は叱責することも追い出すこともない。

そればかりか、心から不思議そうに言うのだ。

「なぜ、そうまでして任雪花を隠したのだ？」

という皇太子の問いに、彼がしれっと答える。

「雪花を多くの人の目に晒《さら》したら横取りされかねないと思ったので」

「なんだと？　むしろ横取りしたのはおまえのほうではないか」

皇太子が呆れたように言ったが、その顔は笑っていたので、それまでの緊迫していた空気が一瞬で緩む。

「太子は自ら朱麗林をお選びになったのだから、俺が雪花をもらっても文句はありませんよね？」

彼はそう言って、皇太子と麗林を一瞥すると、わたしの体をそっと引き寄せた。

「それとも、雪花が舞を踊ったら、あなたは違った選択をしましたか？」

やめてほしい。ひっかきまわさないでほしい。

わたしは知っている。

原作では、皇太子殿下は政治的バランスを考えてやむなく雪花を選んだが、実はもっと快活で気の強い、麗林のような女性のほうが好みなのだ。

結果、正室の雪花は放置され、側室の麗林ばかり寵愛《ちょうあい》した。

今日は雪花が舞踊の場に見当たらず、皇太子は安堵《あんど》して麗林を選んだに違いない。

だからこのまま進めてほしいのに。

「なんと図々しいやつだな。……それで雪花、そなたは？　それでよいのか？」

皇太子が前に出て、わたしに向かって手を伸ばした。

顎をくいと掴《つか》まれる。

——ひっ

「青冥に嫁ぎたいのであれば、はっきりと申せ。目を逸らすなよ」

前世でもされたことのないセクハラ行為にわたしは緊張するが、この手を振り払う勇気はない。その代わりに、皇太子に言われたとおり、彼から目を離さない。

太子を見つめ返して「はい」と答える。

——ええ、二度と同じ失敗はしませんよ、わたしは辰州で幸せに暮らします。

念じるように、心の中で呟き、ひたすら皇太子殿下の視線を跳ね返すこと数十秒。

すると、突然、皇太子が高笑いをした。

「任雪花は大人しく控えめな娘と聞いていたが、なかなかの面構えをしているではないか。惜しいような気がしないでもないが、まあいい、青冥、妻を得たなら今後は心を入れ替えて真面目に政務に励むのだぞ。……任将軍、聞いたとおりだ。そなたの娘、雪花を青冥が娶ることに対して異存があれば申せ」

父は困惑しながらもその表情に安堵の色を見せて言った。

「恐悦至極でございます」

——お父様が許可した……！

セイメイさんが正攻法で申し込んだら断られただろうが、皇太子の推挙なら、父に拒絶することはできないから当然ではあるが。

「今日は婚姻が二つ決まっためでたい日だ。さあ、宴の続きを！」

皇太子がそう命じると、控えていた楽師たちが再び音楽を奏で始めた。

あまりの展開に、第二母も毒気を抜かれたのかもう何も言わなかった。

「遅れてすまなかった」

セイメイが呟く。

——よかった……なんとか丸く収まった……。

彼の腕の中にすっぽりと囲まれて、わたしは胸を撫《な》でおろす。

でも、とわたしは考えた。

——この人は何者？

皇太子にあんな馴《な》れ馴《な》れしい態度を取りながら笑って許されるこの人はいったいどういう地位に就いているのだろうか。しかも、まるで彼は罰せられるなどとは思っていない様子だ。狐に摘まれたような気持ちで、彼の顔を見上げた。

「失礼ですが、あなたは……？」

すると、彼はうっとりするほど美しい微笑を浮かべて言った。

「今更？　俺は第二皇子にして辰州の領主、秀王でもある、その名は夏青冥だが？」

——え……ええええっ？

「だ、第二……皇子……！」

「あの日は極秘で動いていたので、素性を明かせなかったが、手掛かりは与えたはずだぞ。正

しく青冥と名乗ったし、辰州に戻らねばならぬと言い置いた」

——「セイメイ」は「青冥」だったの……全く思いつかなかった。

確かにあの時、辰州と聞いてモブキャラの第二皇子の存在がちらっと頭をかすめたけれども、そのイメージは目の前にいる青年とは違いすぎる。

所領を収めることもせずに飲んだくれて女遊び三昧という悪評高き第二皇子。

辰州というはるか遠い地に捨て置かれている見放された皇子！

「嘘……」

すると、それまで上機嫌な物言いをしていた秀王が、急に真顔になった。

「まさか、俺の正体を知って、今になって断るなどというつもりはないだろうな？　約束は約束だからな」

見れば見るほど実直そうな、さわやかな青年だ。

これが、女癖も酒癖も悪い放蕩の皇子とは……騙《だま》された！

わたしは、くらくらする頭を押さえながら、自分に言い聞かせた。

——大丈夫、問題ない。辰州なら後宮からめちゃめちゃ遠くて、ある意味安全。

女遊びくらい何？　生かしてもらえるだけで上等よ。

皇太子妃になったとしても皇太子は側室ばかり可愛《かわい》がり、挙句の果てに自分は殺された。

今度こそは、夫に愛人がいくらいたって気にせず、わたしは小さな住まいでもひとつもらって好きなように暮らさせてもらおう。

そんなふうにしてだんだんと心が落ち着いてきた時、ふと麗林と目が合った。

『あなたの好きな人って第二皇子だったの？』

と、彼女の目が問いかけている。『物好きね』みたいな顔で。

その時、太監《たいかん》の高らかな声が聞こえた。

「皇帝陛下、皇后陛下のおなりー」

宴もたけなわとなった頃、皇帝陛下と皇后陛下が現れ、皇太子がことの次第を報告した。

「皇太子妃になるのは両者のどちらかであろうと思っていたが、まさかこうなるとはなー」

と、少し意外に思ったようだが、ともに重臣の娘であり、皇子の妃として申し分ないとの言質をくだされた。

「秀王、やったわね……おまえは言い出したら聞かないのだから」

と、皇后陛下が言った。やったわね、のニュアンスが「よかったわね」ではなく「やらかした」のほうだったことに、わたしは一抹の不安を覚える。

「これで秀王の放蕩癖も落ち着けば万事めでたいのだがな」

皇帝陛下がぼそりと言い、皇后陛下が深くうなずいた。

その日、帰り支度をしていた時、控えの間に麗林がやってきた。

「さっきは驚いたけれど、つまり私たちは義理の姉妹になるということね。仲良くしましょう。……この借りは必ずお返しするわ」

彼女はそう言って、手を差し出した。心なしかその目が潤んでいる。

宰相の娘として、皇太子妃になることは至上命令であり、相当なプレッシャーだったに違いない。

「お返しなんて言わないで。お互いに、幸せになりましょうね」

わたしは麗林にそう返した。

本心から。

借りなど返さなくても、謂れのない怨恨さえ向けないでくれればそれでいい。


こうしてお妃選び騒動は終わったが、愛娘が全く相手にされなかった第二母の憤懣《ふんまん》は想像に難くない。このままですむはずがなかった。

原作では春燕が雪花の婚礼衣装を墨《すみ》で汚して台無しにする。

そのため、雪花は泣く泣く第二母の古着をまとって婚儀に臨むことになった。今は派手で豪奢《ごうしゃ》な第二母でも、嫁いだ時は側室というわけで、正室よりもかなり控えめだった。しかも、その頃まだ父は将軍ではなく副将軍だったこともあり、そんな第二母の婚礼衣装は雪花が皇太子妃として着るにはあまりにもみすぼらしく、時代遅れの感があった。

そのことで皇室を軽んじたと思われ、雪花が皇太子から貶められるきっかけとなった。

今回は皇太子妃ではないから、風当りは弱いと思われたが、花嫁衣裳《いしょう》がなかなか届かないと思ったら、直前に第二母の嫌がらせが発覚する。

婚儀の二日前にようやく届いた衣装は白装束だったのだ。

前世ではウェディングドレスは白が定番だったが、こちらの世界では赤オンリー。

白は葬儀の時に着るもので、不吉とされている。

わたしは、予想できたはずなのに回避できなかったことに凹《へこ》んだ。

「こんな……ひどすぎます……！　お嬢様、作り直してもらえないんですか？」

「さすがに間に合わないでしょう。第二母様の古着を借りるしかないわね。今回は皇太子妃じゃないからそんなに注目されないと思うし……」

「今回は……とは？」

小鈴が首をかしげる。

「あっ、違うの。花見の宴の麗林さんの時と違って今回は、って意味よ」

危ない、危ない。

お嬢様の妙な発言にももう慣れた、みたいな顔で小鈴は納得したようだ。

「でも、これが最後の嫌がらせよ。すぐにここを出るんだから、あと少しの辛抱よ」

そんなふうに自分を慰めながら、小鈴と一緒に白い衣装の前にへたり込んでいた時だった。

天井裏でチューチューというネズミの鳴き声が聞こえた。

「ひっ、またネズミ……！　こんな時に、どいつもこいつも！　下りといで、こらしめてやるからっ」

小鈴が天井を睨みつけて毒づくと、思わぬ応えが返ってきた。

「そりゃあご挨拶だな」

聞き覚えのある声に、わたしが見上げる暇もなく、彼はまた降臨した。

すとんと軽やかに降り立ったその人は――。

「青冥様」

相変わらず忍者のように現れる。

屋根の上を渡り歩いてきたせいか、長い髪が乱れている。

青い袍の襟元もクシャクシャだ。

これでは一見して皇族とはわからない。

もともと遠い領地にいたのと、前世のような情報網がまだ発達していないため、庶民は意外と第二皇子の顔を知らないのだ。

――顔はいいのだけれど残念、全然身を構わない人ね。

「あわわ、秀王殿下、ご無礼をお許しください」

小鈴がひれ伏して謝るのを、「気にするな」と流して衣装を見下ろした。

「なんだこれ。葬儀でもするのか？」

「わたしの婚礼衣装のはずが、間違ってこんなものが出来上がったのです。もう間に合わないので、婚儀の日には古い衣装を着ることになりますが、お許しください」

わたしも小鈴とは別の意味で秀王に謝罪をした。みすぼらしい衣装で婚儀に臨むことを、第二皇子だから舐《な》めていると思われるのがいちばん辛い。

「これは……、想像を絶するな。……だが、ちゃんと手は打っておいたから安心しろ」

「……えっ？」

「どうせ貧相な着物しか作ってもらえないと思って、俺がおまえのために特別誂えの婚礼衣装を作らせていた。きっと似合う。さあ、下に行って確かめてこい。お父上が荷を解いている頃合いだ」

確かに、耳を澄ませれば一階の広間がごったがえしているようだ。

小鈴と二人で様子を見に行くと、これまでに第二母が春燕のために作らせたどんな晴れ着よりも高雅で美しい衣装、そして見事な婚礼家具一式が届いていた。

「秀王殿下より贈り物でございます」

と、使者が言うと、父は敬礼をして受け取った。

夢心地で品物を確認し、自室に戻った時、彼はまだ部屋にいた。

「殿下、ありがとうございます！　こらしめるなんて言って申し訳ございません」

小鈴が平身低頭して謝るのを、彼は愉快そうに眺めている。

「密偵に見張らせているから、妙な動きがあればすぐ報告がくる。任夫人の動きを追っていたら、白い装束を作らせているというから耳を疑ったが、本当だったとはな」

グッジョブです！　わたしは親指を立ててそう叫びたかったがこらえた。

まだよく知らないのだけれど、どうやら秀王はできる男なのではないかしら。

女癖は悪いみたいだけど、仕事はできる。

「よかった……わたしが恥をかくのは仕方ないけれど、秀王様を侮辱するようなことにならなくて安心しました」

わたしがそう言うと、秀王はやるせないような顔で溜息《ためいき》を吐いた。

「こんなことばかりでおまえが苦労するくらいなら、あの日かっさらっていけばよかったな。だが……婚儀がすめば一緒にいられる。そうしたらもうおまえを泣かせるようなことはない。あと二日が待ち遠しくてならない」

「わたしもです」

それは早くこの家を出たい、という気持ちから出た言葉だったが、彼は別の意味にとったらしく、心から嬉しそうに笑うのだった。

「なんでも困ったことがあったら言ってくれ。おまえには絶対に辛い思いはさせない」

なんて頼もしい。

「あ、……ひとつ気がかりが……」

春燕の問題があった。

せっかく贈ってもらった婚礼衣装を汚されるかもしれないと打ち明けると、彼が知恵を貸してくれた。


翌朝。

「きゃあああああっ」

広間で春燕がわめいているのが聞こえた。

「どうしたの？　春燕」

ご先祖様の遺影（といっても写真ではなくて掛け軸のような姿絵なのだが）を並べた広間に、家族や使用人にもよく見えるように広げて掛けておいた婚礼衣装――のはずが、春燕が新調した衣にすり替わっていた――が黒と赤のまだら模様になっていたのだ。

「どうしてっ、どうしてあたしの衣装がここにあるのっ。雪花の婚礼衣装だったんじゃ……」

確かに前日の夕方まではそうだった。

だが、こうなることを予想して秀王から贈られたわたしの花嫁衣裳は小鈴が別の場所に移して、その代わりに春燕の晴れ着を掛けておいたのだ。

秀王の入れ知恵である。

春燕は人目を忍んで、暗い中、墨をぶちまけ、ほくそ笑みながら眠りについただろう。

「いったい誰が！　誰がこんなことしたのっ」

第二母が激昂《げっこう》し、春燕は震えあがった。

「だって、雪花姉様の衣がここに……あった……はず――っ」

やがて、娘の暴挙が自分に跳ね返ったのだと悟ると、鬼のような形相で春燕を睨んだ。

やりたい放題の春燕も、実母の怒りに触れて震えあがっている。

第二母はギリギリと歯ぎしりをしていたが、それ以上は追及しなかった。

第三章

「よく待っていてくれた、雪花」

赤い帳《とばり》の下で、秀王はそう言った。


数時間前、皇太子殿下よりひと月遅れて、わたしと秀王の婚礼が行われた。

辰州の所領ではなく、皇城《こうじょう》の南の坊に建てられた立派な屋敷で、である。

ここは先の皇帝が皇子たちの住まいとして建てさせた御殿と聞いている。

秀王は辰州に赴いているのだが、たまに彩都に来る時にはここに滞在するらしい。

敷地内には池や小川を含む広い区画に七つの殿舎が建てられている。

その一つが青冥殿《せいめいでん》だ。

秀王は幼少期をこの屋敷で過ごしたので、後にこの殿舎にその名がついたのだとか。

その日、わたしは赤い花轎《かきょう》(輿《こし》の一種)に乗ってこの屋敷へと運ばれた。

それから、大きな丸い団扇《うちわ》で顔を隠して輿を降りた。(花嫁は新婚夫婦の部屋に入るまで顔

を見せてはいけないのだ）

見物の人々が歓声を上げ、祝いの爆竹が弾《はじ》ける。

正面の坊門から中院へと続く石段に赤い毛氈《もうせん》が敷かれ、新郎新婦が揃って緋色《ひいろ》に金刺繍を施した鮮やかな衣装をまとって結婚の儀を執り行った。

わたしは長い髪をゆったりとした宝髻に結ってもらい、象牙《ぞうげ》の梳《そ》の他、金釵《きんさ》を何本も挿し、これでもかというほど花で飾っていた。装飾品だけで、とても頭が重い。

顔には白粉《おしろい》、頬紅《ほおべに》を刷き、眉間に梅の花鈿《かでん》をあしらっていた。

第二母の嫌がらせを見越して秀王が作らせていた花嫁衣裳は、彼の機転により春燕の魔の手からも逃れ、無事この日を迎えたのだ。

牡丹の花は皇太子妃である麗林の象徴的なモチーフとなったため、わたしは梅の花をと皇后陛下が決めてくださった。深紅の絹地に袖口回りと衿に沿って梅の花を細かくあしらい、裾には極彩色の糸でクジャクが刺繍されていた。

秀王は長い髪を背に垂らし、頭頂のやや後ろに髷を一つ結って、そこに冕冠《べんかん》をかぶっている。

やはり祝い事に不可欠な緋色の袍を着ていた。

上背があるので大袖が流れるような曲線を描き、頭に頂いた冕冠は精緻な彫金装飾がちりばめられて、宝玉を連ねた飾りが何本もぶら下がっていた。

それが揺れるたびに日光を反射してきらびやかなのだ。

秀王の美貌は神々しい冠にも負けていない。

出会った時は、彼はお忍びで庶人風の姿をしていたし、次に会った時は屋根裏から忍者のように降ってきた。

宮中の宴ではそれどころではなかったので、彼が正装した姿をまじまじと見るのは初めてと言っていいかもしれない。

団扇の端から盗み見しただけでもドキドキするほどだ。

切れ長の眦《まなじり》、漆黒の瞳。形のよい眉に通った鼻筋。

甘くほころんだ唇から除く美しい歯並び。

顔の各パーツの配置も完璧な上に、生まれの良さと育ちのワイルドさ――へき地で放埓な暮らしが長かった――が絶妙に混ざっていて、上品だがひ弱さは感じない。

――うわあ……見た目は非の打ちどころがないわ。しかも知略にも長《た》けている。

他の女性がそんな彼を放っておくはずがない。女遊びも仕方ない。

一時は騙されたような気持ちになったものの、今は独占しようなどとは考えず、「彼はみんなのもの。見ているだけで眼福なありがたい置物」くらいの気持ちでいようと改めて思う。

皇太子以外の皇子はそれぞれに割り当てられた所領で暮らさなくてはならず、成人したらすぐに宮城を出る決まりになっている。

しかし不本意なことに、田舎暮らしを嫌う第三皇子が皇宮の学府を担当することで都に留まっている手前、秀王も新婚の間しばらくは都城で過ごしてよいと皇帝陛下がお許しになったと後で判明した。

わたしは、一刻も早く都を出たいのだが。


「もういいだろう、顔を見せてくれ」

寝所に並んで座り、彼は団扇を奪って寝台の端へ投げ捨て、わたしの頬にそっと触れた。

冠を外し、ジャラジャラと垂れ下がる玉飾りもなくなったので、彼の顔もよく見える。

「愛らしいな」

それから、二つの杯に酒を注ぎ、ひとつは自分が持ち、もうひとつをわたしに持たせる。

衣擦《きぬず》れの音を立てて二人は腕を絡め、酒を飲み干した。交杯《こうはい》という儀式だ。

「これで俺たちは夫婦だな。いや、本当の夫婦にはこれからなるのだが」

互いに盃を置くと、彼はわたしの髪を留めていた象牙の梳を外した。

髪型が崩れ、長い髪が肩から背中へと広がり落ちた。

女たらしと噂の主《ぬし》だが、さすがに初夜は新妻と過ごそうということらしい。

「でも、もし、どこかへお出かけになるのでしたら、わたしに構わずどうぞ」

「は？　俺がどこへ出かけるというんだ？　愛《いと》しい妻を放っておくはずがなかろう」

──ですよね……さすがに結婚したその日から愛人と過ごすことはないか。

本当は、彼と一緒になる約束をしてからずっとこの日を待っていたが、思っていたのとちょっと事情が違って、愛人をたくさん持つ男性にあまり夢中になるのは辛そうだなと感じていた。だから距離を置きたかった。

転生前に読んだ『雪花悲恋歌』でも、皇太子に愛されたいと強く願うあまりにどんどんつらくなっていくヒロインを見ていたから、わたしはそうならないと決心したのだ。

秀王の顔が近づいてきた。交わした酒で微かに濡れた唇が色っぽい。

彼の手がわたしのうなじを支えていて、逃げ場はない。

わたしは諦めて、目を閉じて受け止める。

──夢中にならないように。冷静に。

だが、彼の口づけはあまりにやさしくて、そんな決心はたちまち霧散してしまった。

「……っ」

彼はなんて愛おしそうに唇を重ねてくるのだろう。

何度も重ね合わせて、軽く唇で唇を食《は》むようにして、長い時間をかけてわたしの唇を弄《もてあそ》び、理性を溶かしてしまう。

体から力が抜けて寝所に崩れてしまうと、彼も体を傾けてわたしの上に覆いかぶさってきた。

それでも、体重をかけないように、わたしをかばってくれているのがわかる。

「雪花、唇を開けて」

「え……はい……」

彼に従うと、すぐに濡れたものが唇と歯列を縫って入ってきた。

「んっ……ん……」

次第に熱を帯びてくる深い口づけに、わたしは胸であえぐしかなかった。

肩と手を捉われ、唇も塞がれて完全に彼に閉じ込められてしまっている。

彼の舌は口腔《こうこう》を侵し、濡れた音を立ててわたしの舌を吸い上げる。息が苦しい。

「んん……、んぅ……っ」

足掻《あが》くように首を振り、呻《うめ》き声を漏らしてしまうが、それが自分の声とは思えないほど甘く上ずっていた。

「雪花、おまえを食べてしまいたい」

彼の声もいつもと違っていた。吐息は熱く、艶っぽい。

「秀王様……」

「青冥と呼んでくれ」

「え、……はい、青冥さ……」

彼の名前を呼ぼうとしたが、また唇を塞がれる。

その上、絹の衣の衿に彼の指がかかり、引きはがされていくのがわかった。

まず、肩がむき出しになり、背中を彼の手が這う。

その手のひらまでが熱い。

舌を絡められたまま、肌も暴かれようとしていたが、わたしは眩暈《めまい》のように頭がくらくらしていたし、自身の体も熱っぽくなっている気がした。

そして、体の奥のほうが密《ひそ》かにたぎっていくような感覚に見舞われる。

彼がふと唇を開放してくれた隙に大きく息を吸う。

胸がひやりとしたと思ったら、完全に衣の前を開かれていた。

その谷間に彼が顔を埋め、二つの乳房を軽く掴んだ。

「あっ……」

「柔らかい……餅のようだな」

「あ……恥ずかしいです……青冥様」

「夫婦の間で恥ずかしくなんかあるものか。桃のような色をした初々しい乳首はどんな味だろう」

彼はそんなことを言って、淫らな舌先で胸の頂をちろりと舐めた。

「ひっ」

思わずわたしの体が小さく震えた。

「ああ……たまらなく愛しい。少し硬くなって、俺の舌に反応している」

「や……っん」

秀王はわたしの乳房を丸く囲むように手に収め、乳輪や乳首を交互に味わっていた。

恥ずかしさで頭が真っ白になってしまったが、その奥で奇妙な感覚がふつふつと沸いてくる。

彼の舌に蹂躙《じゅうりん》されて、わたしの胸の先がコリコリと尖っていくのだ。そして、そうなると恐ろしいほど敏感になってしまうらしい。彼の舌の小さな動きひとつひとつに体がぴくぴくと跳ねてしまうのだ。

「青冥様っ……そんな……なさらないで……」

「痛いか？」

「ううん……でも……変な、感じ――」

「じゃあこうしたらどうだろう」

彼はそう言って、嘗《な》め回していた乳首を完全に口に含むと軽く吸った。

「あああっ」

わたしは大げさなまでにのどを反り、悲鳴を上げてしまった。

体温が上がり、自分でも夜の薄明りの中で、白い肌がピンクに染まっているのがわかる。

「気持ちがいいか？　今度はその白肌に梅花の印をつけてみよう」

彼はそう言うと、乳房から顔を離して腹に唇をあてがった。

乳房ほどは感じなかったが、彼が強めに吸い上げた刺激で足先までピンと突っ張ってしまう。

「ほら、見事に咲いたぞ」

彼は満足そうに、わたしの肌に浮かんだうっ血の痕を見ている。

「おまえの花鈿と同じだ」

そう言いながら、彼は長い指の先でわたしの額をつつと撫でた。

眉間に貼り付けた梅の花の模様だ。こちらではものすごく流行《はや》っている化粧である。

「衣を脱がしてしまったから、この肌に梅の花を散らしてやろう」

そして彼がわたしの体の至る所にキスをして花鈿のような痕をつけるのだった。

肌を吸われるたびに、彼の刻印を押されたような気がして、胸がキュッと締め付けられる。

「まだ痩せているな。大事に抱かねば壊してしまいそうだ」

大事に抱くとはどういう意味かわからなかったが、彼はふとわたしの足の間に手をしのばせてきた。

「えっ、……ダメ……」

そんな恥ずかしい場所に、と思って太ももを閉じようとしたが、彼の大きな手で阻まれる。

くちゅりと淫靡《いんび》な音がして、彼の指が足の間に差し入れられた。

「あっ……」

わたしは身をこわばらせた。

「痛いか」

耻ずかしさと怖さで涙目になって頷いた。

「誰の手もついていない証拠だ。嬉しいぞ。だがこれでは契るのはまだ難しいな。力を抜いていろ」

「はい」

と従順に返事はしたものの、緊張で力を抜くことは難しかった。

転生前も、実はわたしにはそういう経験がなかったのだ。

もちろん情報の多い世界にいたので、知識はないわけではないが。

秀王は静かにわたしのナカへと指を侵入させてきた。

異物感にわたしの体はよけいに固まってしまったが、その小さな呻き声を唇でふさがれる。

誰が焚《た》いたのか、寝所に広がっていた甘い香りを吸い込んだせいか、次第に頭がぼんやりとしてきた。

熱い口づけを繰り返すうちに、互いに一糸まとわぬ姿になって肌と肌を触れ合わせていた。

乳房が彼の胸に押され、四肢がむき出しにされて絹の寝具に縫いつけられたよう。

秘裂を割って内側を擦られていることへの異物感も薄れていく。

肌が湿って、熱くなってきた。

「雪花、雪花……」

秀王の声がなまめかしく耳をくすぐる。

「ん……あ」

「ここ、少し慣れてきたか？　もっと強くしていいか？」

「ええ……」

わたしが頷くと、彼が何をしたのかわからないが、圧迫感が強くなった。

「う……」

「辛いか？」

抵抗感は否めないが、彼がひとつひとつ確かめながら丁寧にほぐしてくれているとわかるから、もう怖いと思うことはなかった。

「大丈夫です」

そして彼は処女の硬い蜜道を丹念に開いていった。

その唇はわたしの唇だけでなく、乳房にも触れた。彼の濡れた舌でその先端を弄《いじ》られると恥ずかしいほど体が震えて、奥から熱いものが溢《あふ》れてくる。

「濡れてきたが、まだ狭いな」

そして、わたしの中で指をうごめかせながら、彼は下腹へと唇を滑らせていった。

「あ……っ」

本能的に足を閉じようとしたが、それより早く彼に捕らわれてしまった。

「あっ……っぁあ」

秘花のあわいにつるりと濡れた感触が触れ、わたしは悲鳴を上げた。

「女はここがいちばん感じると聞いた」

一瞬、何をされたかわからなかった。

ただ、恐ろしいほどの快感が噴き上げて、脳天を突くような衝撃が走ったのだ。

もう、怖いとか恥ずかしいとかいう感情は飛んでいってしまった。

「ひ……、あっ、……あ、あっ」

彼が自らの舌で花芯の最も敏感な場所を愛撫《あいぶ》しているなんて。

そんなとんでもないことにも頭が回らないほど気持ちよく、自分でも驚くほど体を跳ね上げていた。

わたしの反応に確信した彼は、さらに深く、浅く丹念に愛撫をくりかえし、わたしは何度も何度も打ち上げられた魚のように痙攣《けいれん》した。

全身の血がたぎり、全ての力を削《そ》ぎ取られるほどの快感に、わたしはただ甘い悲鳴を上げて震えるばかり。

「雪花、……もう契りたい」

彼が呻くように言った。

「おまえの中に挿入《はい》るが、いいか?」

わたしは頷いた。力を抜けと言われなくても、もうどこにも力が入らないほど愉悦の嵐に揉まれてぐったりしていた。

「これを耐えねば本当の夫婦になれないから……許してくれ。俺の背中に掴まってろ」

わたしは無言で、彼のうなじに手を回す。

体がさらに密着して、彼の腰骨に押されるようにわたしの足も大きく開かれて、下腹部に硬いものが触れた。

「痛かったら思いっきり引っ掻いていい」

露《あら》わになった花裂に、彼の肉棒があてがわれて、ようやくわたしのそこが甘露でびしょびしょになっていることに気づいた。

彼の指が用心深くそれを開き、そして彼の先端を挿し入れてきた。

「……っ」

彼の言葉どおりにするつもりはなかったが、自然と彼の背中にきつくしがみついていた。

「あ……っ、ごめんなさい――」

「謝らなくていい、俺ももう加減できないと思う」

息の混じった声でそう言うと、彼はわたしの肩を強く掴《つか》み、下腹部を押しつけてきた。

ぐっと胎内に彼が嵌《は》まり込《こ》むのを感じた。

「あっ」

「雪花……好きだ」

「あ……っ、……ふ……っ」

それまでもどかしいほど時間をかけてわたしの体を懐柔してきた彼が、その瞬間、やや荒っぽい仕草で突き上げた。瞼がチカチカして、稲妻が体を突き抜けたような衝撃。

「あああっ」

わたしは叫んだが、彼はもう本当に加減できないほど昂《たかぶ》っていた。

「雪花……雪花」

彼はわたしの名を何度も呼ぶ。

切ないような声でその名を言いながら、腰を入れてさらに深く挿入した。

わたしの体は最初の鋭い痛みの後、内臓を押し上げられるような重く鈍い感覚に見舞われていた。

涙がこぼれ、全身から汗が噴き出した。

無意識に彼の背中に爪を立て、すすり泣いていた。

「雪花、もう少し我慢してくれ」

完全に一体化するかのように、彼がわたしの体を抱きしめ、恥骨を押し付ける。

その時、剛直の付け根が花蕾とぴたりと合わさり、まるでそこから媚《び》薬《やく》を注入されたかのように甘い痺《しび》れが広がっていく。

「ふ……あぅ……っ」

自然と力が抜けて、強張《こわば》っていた下肢が開き、彼の重みがそこに加わった。

「あっ」

ぬぷんと淫らな音をさせて、彼はさらに奥へと迫ってきた。

「ぁ……あ、あっ」

「雪花、それでいい……」

狭苦しそうに蜜襞を掻《か》き分けてぴたりと動きを止めた。

彼が、最奥まで届いた。

下腹部に楔《くさび》が食い込んだような感覚は、正直言って最初のほうの快感とは遠いものだったが、これが契るということなのだと思った。

こんなに深く繋がるなんて、知らなかった。

「ごめん。痛い？」

繋がったまま、彼が耳元で言ったが、わたしは首を振った。

痛いと言えば、彼が離れてしまいそうだったから。

「やせ我慢して……かわいいな」

秀王は、いたわるようにわたしの髪をそっと撫でた。

「しばらくこうしていよう」

そう呟く彼の顔にもやせ我慢の色が見えた。

前世は情報の多い世界にいたので、処女だったわたしでも理解できる。

彼は最後までいっていない。こんなところで我慢するのは本当に辛いはずだ。

「青冥様、おやさしいのですね……でも、どうかあなたの思うようにしてください」

顧客の満足度を上げないと、という社畜精神からの言葉だったが、わたしは忘れていた。

雪花の儚げな顔と甘い声でそんなことを言ったら、彼の理性がもたないことを。

「……っ」

彼は苦し気に顔を歪め、再びわたしをきつく抱きしめた。

「そんなかわいいことを言うと、もう抑制が利かなくなるぞ。いいのか？」

いいのか、と言っても、もう彼はわたしの返事など待ってはいなかった。

その唇でわたしの口を塞いでおいて、ゆっくりと腰を動かし始めたのだ。

内襞を擦りながら彼の肉棒が退くと、内側から圧される感じがふと緩む。

ほっとしたのも束の間《つかま》で、すぐに彼はまた挿入《はい》ってきた
「んぅっ」

一度貫通したせいか、最初ほどの痛みはないが、その圧の大きさは変わらない。

寄せては返す波のような彼の衝動に、わたしは何度も突き上げられた。

寝床はきしみ、わたしの髪はぐちゃぐちゃに乱れ、彼の息も荒くなっていく。

唇を開放されたわたしは、ひたすら子猫のように鳴いていた。

雪花のか細い体は、声帯まで華奢なのだ。

「あ……ゃあ……ん、せいめい……さまっ」

わたしの体は嵐の海に放り出されたボロ船みたいに翻弄されていく。

「雪花、雪花――っ」

何度も名を呼ばれたが、ひたすら喘《あえ》いでいたわたしは過呼吸気味で、返事もままならない。

何か応えなくてはと、彼の背中に回した腕に力を込めた時。

そのたくましい背がぴくりと強張った。

「……く……っ」

わたしの体の芯を為していたものがぐんと膨れた気がした。

楔となっていた肉棒が怒張し、びくんと跳ね、そしてわたしの中で熱いものを撒《ま》き散《ち》らした。

脈動して子宮口に注ぎ込まれたものが何なのか、ぼんやりとわかった。

わたしと彼が、本当の意味での夫婦になった瞬間だった。

深く結合したまま、わたしは彼の白濁を受け止める。

彼は胎内で脈動しながら何度も精を吐き、低く艶《なま》めかしい呻き声を発した。

全て終わったようで、彼はしばらくわたしにその体を預けて、荒い呼吸をしていた。

汗びっしょりの広い背中を抱きしめたまま、わたしは心地よい眩暈に浸った。

激しくて過酷だった初夜の洗礼だったが、なぜか満たされたような気持ちが溢れて、幸せとはこういうものか思った。

裸の胸と胸が触れて、彼の鼓動を感じる。

力強く、少し早い鼓動。

彼の長い髪も乱れて背中を覆っていた。

「……雪花」

彼は気怠《けだる》そうな声で言った。

「はい」

「よく耐えた。これで名実共に俺たちは夫婦になった」

それから、彼は上半身を起こした。そのはずみで下肢も動き、交合が緩む。

内腿《うちもも》の辺りにとろとろと生温かいものが流れ落ちるのがわかる。

「あ……」

彼の肉棒がわたしの胎内から出た時に、精の白濁が漏れ出たのだ。

「すまん。拭ってやろう」

「あっ、いえ、そんな。わたしが……」

「動けないだろう。そのまま寝ていろ」

彼は枕元に用意されていた手巾を取り、わたしの内腿を丁寧に拭ってくれた。

「そら、おまえの……操《みさお》の証だ」

彼は、わたしの破瓜《はか》の血と自身の精液の染みた手巾を見て、新妻の純潔を確認したようだ。

「俺も慣れぬ所業なので、おまえに辛い思いをさせたかもしれないが、さっき言ったように、もう抑えきれないから許してほしい」

処女を失った余韻と体力消耗で頭がよく働かなかったが、「慣れぬ所業」には突っ込みたい。

あなたは女遊びはお手の物ではなかったっけ？

それとも、処女を相手にするのが慣れないということかしら。

とにかく、無事に吐精したのだからあとは寝るだけのはず。

などと思っていたのは大間違いだった。

汗ばんだ体を起こして、彼はわたしから完全に離れると、小几《しょうぎ》の際に肘をついた。

彼の言葉とは裏腹に、初夜の儀式はもうこれで終わりなのだと思ったが――。

「おまえがもっと気持ちよくなるような香を焚いてやろう」

彼は炉に何か新しい香を足した。

「迷情香《めいじょうこう》だ」

そう言われたが聞いたことのない名前だ。

やがてさっきとは違う匂いが流れてくる。

秀王はこちらに戻ってくると、わたしの隣に身を横たえた。

「深く息を吸ってごらん」

わたしは言われるままに、深呼吸した。

「この香は、気分を高め、苦痛を和らげる効果がある。最初からそれを焚いてもよかったが、初夜の儀式だけは、ありのままの痛みを受け入れて、俺と契った記憶を刻みたかったんだ」

ちょっと意味がわからない。

だが、その香を嗅いでいるうちに、酒に酔ったように頭がぼんやりとしてきた。

「どうだ、体は」

確かに、重苦しい痛みは薄れていた。

「痛く……ないです」

「そうか」

彼の「そうか」には何か別の含みがあるような声音だった。

「もっと深く吸うといい」

彼はそう言って、口づけをしてきた。

口を塞がれたので鼻で呼吸するしかなく、甘く妖艶な香りを思い切り吸い込むことになる。

「……ん……」

下半身の痛みはたちまち消えて、全身が熱くほてってきた。

これは吸うアルコールのようなものかしら。

いや、それだけじゃない。

キスがひどく甘美なものに思えてきた。

唇が離されると、もっとしてほしくなるのが不思議だ。

「どうだ、感じやすくなったのではないか？」

そして、それを確かめるように彼の指がわたしの乳房に触れた。

「ぁああんっ」

わたしはびくんと体を震わせた。

そして驚いたことに、下腹部がじわんと熱くなって、下肢の間から蜜があふれ出てきた。

「快《い》いのか？　そうなのだな？」

わたしはこくこくと頷いた。

大げさでなく、軽く触れられただけなのに達ってしまいそう。

「ではこちらはどうだ」

もう十分すぎるほど濡れてしまって恥ずかしいのに、彼はそこを探り、秘裂をめくるように指を滑らせた。

「いぁああぁっ」

強烈な快感に全身が硬直した。この香には媚薬の効果もあるらしい。

わたしは胸を大きく動かして喘ぎ、内腿を閉じる努力も放棄していた。

だらりと緩めた足を彼の手がさらに開く。

「少し充血しているが、中はどうだ。擦ると痛いか」

秀王はそう言って花芯の奥へと指を挿し入れてきた。

「ひ……っ」

気持ちがいい。

痛いどころか、とろりと弛緩《しかん》した蜜洞は彼の指を難なく受け入れて、ひくついているような気がする。

もう自分の体がわからない。肉襞が自然に彼の指に吸いついてしまう。

「雪花……かわいいおまえのあそこが俺の指をしゃぶっているぞ」

「や……恥ずかしい……、も、おやめくださ――」

「やめていいのか」

彼はするんと指を抜いた。

とたんにわたしの内洞は、主を失った忠犬のように不安になり、きゅうきゅうとうごめく。

「……ちが……っ、あ、……あっ」

「何が違う？　何がほしい？　言わねばわからない。痛いならやめる」

こういうところでSっ気を出すのはやめてほしい。

「や、やめない……で」

「俺がほしい？」

わたしは思いっきり頷いた。

これ以上、俺の何がほしいかとか焦らされたら泣いてしまいそうになるけれど。媚薬のような香のせいだ。初夜でこんなに淫らな気持ちになるなんて。

「わかった」

彼のほうにもそれは効いていたらしい。

再び彼が覆いかぶさってきた時には、その剛直はもう猛々《たけだけ》しくわたしの下腹を圧迫していた。

わたしは足を開く。最初の時とはまるで違う。

すっかり潤ったわたしの蜜洞は彼を滑らかに受け入れる。

ずぷ、にゅちゅり、といかがわしい音がする。

「あ、……あッ、ん、あ……っ」

さっき初めて貫かれたばかりなのに、わたしの胎内は彼のなすがままにしなり、彼の形のままにたわんで奥へ奥へと誘導していく。

「……っ……雪花の中、たまらなくいい」

熱に浮かされたような声に耳朶《じだ》を打たれる。

わたしの内襞がきゅっと収れんして、彼の劣情を締め付ける。

「くっ、待て。まだだ」

秀王はその妖しい誘いに抗って身じろぎし、わたしの中をえぐるように腰を揺らした。

「ああっ、……ぅ」

まとわりつく蜜襞を振り切るように剛直を引き、肉洞の浅いところをぐりぐりと擦る。背筋を這うような快感に、わたしは身をくねらせてしまう。

「はうっ……ああん」

痛みもなく、それどころか、体のどこに触れても快感が生まれるのだ。

体の奥の粘膜すら、喜びに震えていた。

わたしが痛がらないのを知ると、彼は抽挿を始めた。

じゅぶじゅぶと彼が挿入ってきて、退いては荒っぽくまた戻ってくる。

「あっ、……はあ……あ……」

蜜襞は彼の肉棒を舐めるように吸いついて、甘露を生み出す。

妖しい匂い、淫らな水音、獣のような呼吸、滴る汗。

「雪花、かわいいぞ。……感じるか?」

「ああっ、あ、……す……てき……青冥、さま……っ」

彼ともっと繋がりたい思いからか、いつの間にか彼の腰に両足を絡めていた。

彼に突き上げられるたびに、自然と膝を引き締めてしまい、それが結合を強めていく。

ひぃ、ひぃ、と高い声で甘鳴きしていたから、次第に声もかすれてしまった。

「こんなにしても、まだ足りない。雪花がほしい、もっと」

彼がたぎる劣情を持て余したように呻き、わたしの肩を噛《か》んだ。

「……ぁ……っ」

どくんと心臓が跳ね、足先まで突っ張った。

のどがひくっと痙攣して反り返る。

わたしは声にならない悲鳴を上げて、絶頂を極めていた。

脳内で花火が打ちあがったような衝撃と歓喜に痙攣する。

「俺も……達く……っ」

そして、彼がまたわたしのナカで極める。

びゅくびゅく動くのがわかって、それがまた気持ちよくて、内襞が彼を締めつけた。

彼の体液が自分の体の中に溢れて吸い込まれていくのが、たまらなく心地よかった。

あとは、気怠い吐息と汗の匂い、そして心地よい疲労感にまどろんでいた。


二度目の交合の後、香の効果が薄れてくると、わたしは羞恥心で消えたくなった。

酔って羽目を外して翌日冷静になったような感じだ。

「雪花、よかったぞ」

ずっとわたしを抱きしめたままま どろみ夜を明かした彼が、甘い声で言う。

「大胆に俺の腰に足を絡められたら、もうたまらない」

わたしは両手で耳を塞いで叫んだ。

「ひ……。忘れてください！　わたしの醜態など今すぐ忘れてください」

初夜で相手を欲しがったりよがったりするなんて、破廉恥すぎる。

「迷情香のせいだ。気にするな。それに、俺の前ではどんなに乱れたっていい」

いくらそうは言われても、無礼講と言われてやりたい放題やって失職することもあるのに。

「だめです！　羞恥のあまり消えたいです。早く記憶を消して……」

「そんなに忘れてほしいなら、記憶を上塗りすればいいさ」

彼は同じ香をまた追加して焚いた。

結果は言わずもがなである。

彼のライフはたちまち満タンになり、わたしの脳もとろけてしまう。

――待って待って待って……！

抵抗しようという空《むな》しい試みも疼《うず》く本能に敗北し、そのまま彼に身を預ける。

それからは、嵐のように翻弄され、必死に彼の背中にしがみついていた。

第四章

「雪花、おいで。見てごらん」

秀王が竜《たつ》が池《いけ》のほとりに立って手招きをしている。

蜜月の二人は、皇宮にほど近い離宮で睦《むつ》まじく暮らしていた。

仲睦まじすぎて、結婚二日目はわたしは全く腰が立たず、歩けなかったくらいだ。

わたしとしては、早く辰州に行きたいのだが、陛下へのご機嫌伺いや皇太子夫妻との交流も欠かすわけにはいかず、気の張る毎日だ。

「なんですか、青冥様」

「おまえの花鈿の梅に似た模様の鯉《こい》を譲り受けたぞ」

額に家紋のような絵を描いたり貼ったりする化粧は、こちらの世界ではとても重要視されている。

彼の指さす水面を見ると、金色や三色の錦鯉《にしきごい》に交じって紅白の鯉が泳いでいた。

「どうしてもおまえに見せたくて無理を言って買い取ったのだ」

無邪気なものである。

しかし悪い気はしない。原作の雪花は夫にこんなに大事にされていなかったし、前世のわたしも全く人から大事にされた覚えがない。ゆえに、上司の無茶ぶりに応えることで自分の存在意義を確認していたようなところがあった。

こんなに純粋に、わたしを喜ばせたいと思ってくれた人なんかいなかった。

「お気遣い、痛み入ります」

わたしのその返事がビジネスライクな口調になってしまったことに、彼は不満げだ。

「鯉には大して興味がわかなかったか。——仕方ないな。まあ、おまえに似た鯉を可愛いと思うのは俺の勝手だが」

いや、だって、わたしの花鈿とか花嫁衣裳の模様が梅というだけであってわたし自身に似ているわけでは……。

と言いたいのをこらえて、わたしは笑った。嬉しくないわけではないのだ。

「おまえの苦労も報われなかったようだな、龍箔《りゅうはく》」

秀王は突然、殿舎の屋根に向かって声を張り上げた。

「下りてこい」

すると、黒い装束に身を包んだ青年が下りてきた。

顔も、目以外は隠していて、忍者みたいだ。唯一晒されているその目は猛禽類《もうきんるい》のそれのように鋭い。

「護衛の龍箔だ。これからも何かと関わることになるだろうから、紹介しておく」

「王妃殿下、拝謁します」

黒ずくめの青年は両腕を肘から曲げて重ね、深く腰を折る。

「あ……はい、よろしくお願い致します」

わたしも名刺交換さながらの角度でお辞儀を返す。

「怖がらせたくはないが、俺には敵が多い。雪花のことは俺が守るつもりでいるが、始終一緒にいるわけにもいかないから、俺がいない時に困ったことがあったら、躊躇《ちゅうちょ》なく龍箔を呼べ」

「呼ぶ……って?」

「方法はおまえが決めればいい。危急の場合は叫べばいいが、そうでない時は、手を叩くとか、鳩《はと》を飛ばすとか」

まさか二十四時間見張っているわけではないと思うが、心強い。同時に、秀王に敵が多いと言われて不安がわいてきた。私は考えた末に、

「では、簪をこの枝に引っ掛けるのはどうでしょうか」と言った。

「かしこまりました。なんなりとお申し付けください。鯉でも亀でもなんでも探しますよ」

龍箔の言葉の、最後のほうが少しくだけた物言いになったのは、わたしが怯えているのに気づいたからだろうか。

「青冥様が無理なお願いをしたみたいで、ごめんなさいね。この池の鯉……」

龍箔は秀王に向き直るとぞんざいな口調で言った。

「最初から言いましたよね、その鯉は王妃殿下に似てなんかいませんと」

すると、秀王はチッと舌打ちをした。

「まあいい。女子というものは鯉よりは衣が好きなのだろう。そちらもぬかりはない――龍箔、挨拶がすんだらもう行け」

そんな身もふたもない言い方、と思ってわたしが会釈して顔を上げた時には、龍箔の姿はどこにもなかった。

それから、二人並んで庭を一回りして屋敷に戻ると、反物が山ほど積まれていた。

「おまえの晴れ着を作らせる。どれでも好きな布を選べ。いくつだっていい、全て気に入ったなら全て。全て気に入らなければ別の布を運ばせる。絵師も呼んであるから、好きな図案を言えばすぐに刺繍の下絵を描かせる」

「青冥様、先日も注文したばかりですよ。贅沢です」

「あれは無事初夜を迎えたという徴《しるし》の贈り物ではないか。遠慮などするな。おまえは実家でろくな衣を仕立ててもらえなかった。その辛さを俺が忘れさせてやりたいのだ」

彼は、出会った時も、任家を恨む庶人たちの石礫からわたしを守ってくれたし、わたしが第二母に叩かれそうになっていた時も助けてくれた。

それだけでなく、婚礼衣装のことまで対処してくれた。

ほかの誰も知らない――鉄斎先生夫妻を除いてだが――わたしの苦労を理解してくれている。

そしてあの家からわたしを連れ出してくれて、こんなに大事にしてくれている。

「わたしはもう辛くないです。十分幸せです」

「本当に、幸せか？」

秀王がわたしの顔を覗《のぞ》き込《こ》む。

心から本当に安堵しているわけじゃないのを見抜かれているようだ。

わたしはこういうのに弱い。存在を無視されるか疎まれることばかりだったので、好意的な目であまり見つめられると、まっすぐに見つめ返すことができない。

「目を逸らすな」

彼はわたしの顎を掴んで、自分に視線を向けさせた。

「兄上のことはあんなにまっすぐに見つめていたじゃないか」

秀王の目に嫉妬の色が見える。

花見の宴で、皇太子に秀王との結婚の意思を問われた時のことを言っているらしい。

「あの時は――皇太子殿下はわたしに、あなたと結婚するつもりがあるか、それでいいのかとお尋ねになったのですよ。ですから、はっきりと目を見てお答えしたのですけど」

「くっ、……そうか。だが俺だってその目で捉えてほしい。視線を外されると嘘を言われているような気がする」

「わかりました。嘘は言いません」

「よし、ではおまえの本当の願いはなんだ？」

「わたしは――」

秀王が食い入るように見つめてきた。

「わたしは、辰州に行きたいのです」

「は？」

「あなたが辰州に帰らねばならないと言ったあの日から、結婚したら辰州がわたしの住処になると思ってきたので、早くそこへ行きたいのです」

「な、……んで……」

秀王は驚いて言葉すらまともに出てこないようだった。

「辰州がどういうところか知っているのか？　噂に聞いたことはないのか。普通の女子なら誰でもそんなへき地など嫌がって都に、この彩都に留まりたいと考えるはずだ。現に、国境付近がキナ臭くて……まだおまえを連れては行けない」

そこまで一気にまくしたてた後、彼は気を取り直して落ち着いた声で問いただす。

「なのに、なぜそんなところへ行きたがるんだ？」

「青冥様の治める所領を見たいです。青冥様の妻として、ちゃんと現場を見ておかないと」

するると、突然彼がわたしを抱きすくめた。

「そんなかわいいことを言うな。おまえは聞き分けがよすぎる」

――違うの！　これは心からのわがままなの。

わたしは、世間で思い込まれているようなか弱くて自己主張のない雪花とは違うのになかなかわかってもらえない。

その時ふと、彼がわたしを彩都に留まらせたがる別の理由に思い当たった。

「あのう……もしかして、わたしが辰州へ行くと何か困るのですか？　あちらに隠し事でもあるのですか？　わたしに見られたくないものが」

「え」

と、彼は気の抜けたような声で言う。

「なんのことだ？」

「率直に言いますと、辰州には青冥様の恋人がたくさんいらっしゃるとか。でもかまいません。わたしはどうしても辰州に行きたいのです」

ここまで言えば、彼も行く気になるのではないだろうか。

すると、秀王の顔から表情がふっと消えた気がした。

「どういう意味だ？」

「……えっと……」

今までに見たことのない顔だ。

照れたり有頂天になったり同情してくれたり、彼はさまざまな顔を見せてくれるが、今のは全く考えが読めない。

「あの……あなたに長く留守にされて寂しがっておられる方もいるのでは……ないかと……聞いたことがあるので。間違っていたらごめんなさい」

「つまり辰州には俺の女がいて、その女たちを見てもおまえは平気という意味にとっていいのかな」

――あれ？　怒ってる……？

原作では、雪花は一日も早く世継ぎを産めと父に急かされ、――これは彼女自身の嫉妬心というよりは父の差し金でそうさせられたのだが――具合が悪くなったふりをして皇太子を側室の部屋から呼び戻したりしたことで、さらに疎まれてしまったのだ。気持ちよく送り出し、広い心で見守ればよかったのにという、前世の所見から申し出たことなのだが。

「妃の心得として、世継ぎをもたらす可能性のある女性を大事にするのが務めと聞きました」

「誰からそんな教えを？」

「い……古《いにしえ》の教訓からです。人の心は縛れません。縛ろうとすればするほど遠ざかるのだと。だからあなたは自由にしてくださればいいのです」

「自由に……」

ふん、と鼻で笑って、彼は言った。

「なら、そうさせてもらう」

秀王はそう言うと、わたしを抱き上げた。

＊　＊　＊

「……あっ」

予想したことではあったが、わたしは彼の寝室に運ばれた。

新婚とはいえ、こんな真昼間から！

しかも彼は不機嫌に見える。

わたしは臥所《ふしど》の上に横たえられ、その体の両側に手を置いて彼が見下ろしてくる。

なぜかわからないが、彼を怒らせてしまったらしい。

ひどく乱暴に抱かれるのだろうか、と思うと身がすくんだ。

しかし、彼は覆いかぶさってはきたものの、わたしを見下ろしてじっとしている。

「青冥……様……？」

わたしが問うようにその名を呼ぶと、彼はハァ、とため息を吐いて身を起こした。

「抱こうと思ったがやめた。その気のない女を抱いても空しいだけだ。おまえは怯えているし。

そうだ、おまえの言うとおりだ。縛ろうとすればするほどおまえの心は離れていくだろう」

そして寝台の端に腰かけて、横を向いたまま呟いた。

「おまえは冷淡だ。想《おも》うのは俺ばかりで、おまえの心はここにない。それなのにどうして俺との婚姻を承諾した？ 実家から出たいだけか？ 本当は兄上のほうがよかったと思っているのではないか」

質問が多いが、彼の不機嫌の理由が少しわかった。

わたしの態度に問題があるらしい。

原作を顧みて大らかで物分かりのいい女に徹しようとしたのだが、どうぞどうぞいくらでも浮気してください、というあからさまな態度はよくなかったかもしれない。

だが、これだけは全力で否定しなくてはいけないと思う。

「皇太子殿下のほうがいいなんて思ったことはありません。天に誓います」

なにしろあの結婚が大失敗で死ぬことになったのだから。

「わたしは本当にあなたを待っていたんですよ。花見の宴の前に来てくれるって信じてました。なのに迎えに来てくれないから、舞踏に出ないように控えの間にいたんです。皇太子妃になりたいならちゃんと舞を披露したでしょう。……むしろ、あなたがわたしの衣装を隠したなんて嘘ですよね」

「え？ いや、本当に使えなくしたはずだが」

「使えなく……した？」

「預かりの間で、泥水をかけさせた。春燕みたいにな。さすがに墨はやらないが」

わたしはがばっと飛び起きた。

「それ、もしかして……麗林さんの衣装では？　彼女は衣を汚されて困っていました」

それぞれの衣装を入れた匣は、いったん宦官に引き取られ、不審なものや凶器が隠されていないか調べてから各自の控えの部屋に返された。その預かりの間で細工するのは皇子なら簡単だ。匣はどれも似たような形をしているから、間違うこともあるだろう。

「任春燕の名のついた衣装匣は確認した。その次に地味な衣が入っていたからそれは任夫人のものだろう、それでその次の、朱色の衣がおまえのだと思って――」

「いいえ、地味な着物がわたしのです。第二母様は踊らないから衣装は持参しませんでした」

「……えっ」

一瞬の沈黙の後、ようやく彼は自分の失敗に気づいたらしい。

「じゃあ……朱家の娘のあの衣装は……任夫人が言いがかりをつけたあれは――」

「わたしの衣です。それを麗林さんにお貸しして、宝石を付け替えて急をしのいだのです。麗林さんの着物をわたしのと間違えて汚したなんて……、もう……ばかっ」

思わず悪態を吐いてしまった。

「なん……だと？」

しばらく睨みあい、やがてどちらからともなく表情を崩した。

「すまん」

と彼は短く言ってから、嬉しそうに続けた。

「そうか、待っていてくれたか……そうか……」

「逆に聞きますけど、あなたこそ、どうして花見まで放っておいたのですか。忘れられてしまったかと思いました」

「放っておいたわけではない。辰州の治安を少しでもよくしておまえと一緒に住めるように城壁を強化し、援軍を回してもらうよう働きかけていた。その間、龍箔を寄越《よこ》しておまえがひどい目に遭っていないか、時々監視させていた。任夫人がおまえを叩きに行った時は踏み込もうとしたが、おまえが密かに武装していたので見守ったと。俺は叱りつけたんだが」

「まあ！ ……でもあれで第二母様が満足したのでそれでよかったです」

「結婚衣裳のことも龍箔の報告があったので対処できた。俺は決しておまえを放っておいたわけではない」

「そうでしたか。でも、さっき言ったように、あちらに恋人が何人もいますよね。……いえ、それを咎めているのじゃなくて……つまり、そういう状況ならそのように善処しますという意味で、決してクレームではございません。どうか安心して――」

わたしは無粋と思いつつも「報・連・相」の大切さを噛みしめて、そう言った。

恋愛小説にありがちだが、報告、連絡、相談を怠ったためにすれ違い、こじれ、決裂するのはよくない。なにしろ自分の命がかかっている。

すると、秀王は「ああ」と思いついたように言った。

「世間の噂を聞いたのだな。……そんなものいないぞ。俺は遊び人ではない。そういう噂をわざと流していただけだ。野心のない自堕落な弟と思わせて兄上に警戒心を起こさせないために」

「皇太子殿下の目を欺《あざむ》くため？」

「そうだ。同じ腹の兄弟だからこそ皇帝の後継を争って戦う可能性もなくはない。三弟は皇后ではなく側室が生んだから兄上の敵ではないが、俺は微妙な立ち位置にある。下の者がなまじ優秀だったり勤勉だったりすると、謀反を企《たくら》んでいるなどと痛くもない腹を探られるからな。やりすぎなくらいダメな皇子という評判を流布している。朝議に出れば無知なふりをする。狩りに行っても、ほとんど獲物を捕まえないし、的を射る勝負はわざと外して兄上に花を持たせる」

目から鱗《うろこ》だった。

彼は噂ほどプレイボーイで怠惰なダメ男ではなかった！

「傍目《はため》にはわからない苦労をしていたのですね……」

それなら彼を好きという気持ちを無理に抑えなくてもいいのかもしれない。

「なるほどな」

と、秀王は言った。

「おまえの変な態度の原因がようやくわかった。これで誤解は晴れたか？ 俺が好きなのは雪花だけだ。おまえが泣くのを見るのは辛いし、おまえが喜ぶことはなんだってしたい」

「やさしいのですね」

確かに初対面から彼は正義感に溢れていて、強く、弱い者に手を差し伸べる人だった。

噂を信じて彼のイメージを損ねていたなんて、愚かだった。

SNSのフェイクニュースに騙されるようなものだ。ちゃんと彼の本質を見なくては。

俺と一緒に来るか、と言ってくれた時も、決して女たらしな風《ふう》ではなかったのに。

しかし、わたしはふと思い出した。

——俺はおまえをかわいそうに思って……。

彼はそう言っていた。

「あなたはわたしに同情して婚姻を申し込んでくれたんですか」

「違う。そのように思うこともあったが、おまえが勇敢にあの老人を助けようとしていた姿を見て、俺は胸を打たれた。むろん、見目も麗しいが、俺が惚《ほ》れたのはあの瞬間のおまえの言動からだ」

彼のその言葉に、わたしは驚いた。

原作の雪花にはありえなかった行動に、彼の心が動いたなんて。

それは、本当のわたしを好きになってくれたということだ。

うるっとして言葉に詰まる。

「雪花――？　泣いて……？」

わたしは潤んだ目をそっと拭った。

「青冥様！　竜が池に参りましょう。あの紅白の鯉に名前をつけて、餌をやりましょう。それに、わたしも青冥様に似た鯉が欲しいです」

わたしはようやく、彼からの贈り物を心から嬉しいと思えるようになったのだ。

「わかった、龍箔に探させよう。だがその前に、俺たちは仲直りをしなくてはなるまい」

「え……今、しましたよね？」

「子供の喧嘩《けんか》ではないぞ。男女の仲直りだからな」

彼はそう言って、再びわたしを組み敷いた。

＊　＊　＊

今度も彼は迷情香を焚こうとしたが、わたしはそれを止めた。

「もう痛くないですし、香に騙されて、気の迷いみたいに交わるのは嫌なんです」

「雪花……わかった」

それから二人は抱き合い、口づけをした。

初めて、互いの心を知った上での抱擁は昨日までとは違った幸福感がある。

彼はむさぼるようにわたしの唇や舌を吸い、わたしもそれに応えた。

彼の長い髪に指を絡め、その背中を抱きしめる。

早くも硬く猛《たけ》ったものが腹を突いている。

彼の手に誘導されて、わたしは足を開いた。

彼が体重をかけてきた時も、ただ心が弾んでいた。

「雪花……挿入るぞ」

「は、い…………っ」

ずん、と圧がかかり、雌芯が押し開かれる。

「……くぅ……っ」

彼が挿入ってきた時は、正直言うとまだ少し疼痛《とうつう》があった。

それでも、苦ではなく嬉しかった。曖昧でなく、はっきりと彼を感じられる。

「ああ、まだ狭い……。だが、俺だけがここにいる。雪花、……雪花っ」

「はぁ、……あ、……ぅ……せいめ……さま」

熱い尖りに抉《えぐ》られて、わたしは体をよじっていた。

するとと、彼はふと抽挿を止めて言った。

「辛いか？　そうなら俺の上に乗ってみるか」

そして繋がったままの状態で、彼はわたしの尻をぐいと抱き寄せる。

「ひゃっ……あん」

私は思わず悲鳴を上げてしまった。

彼はわたしを引き起こすようにして身を起こし、彼の膝にまたがらせた。

「こうすれば、おまえが自分で体勢を操れる。そのほうがおまえも楽だろう」

「……こんな……でも」

確かに一方的に押し込まれるよりは楽かもしれないが、この体位だと角度的にさっきよりも深く繋がってしまい、自重をかけないように腰を浮かさないといけない。

「大丈夫か？　ほら」

彼が頼りないわたしの脇を支えてくれた。

わたしは彼の肩に掴まり、膝で彼の胴を挟むようにして腰を浮かせる。

「そうだ、上手《うま》いぞ」

でも、彼が挿《さ》さった状態でどうしていいかわからない。

「ふ……ぅ」

やがてわたしの腕と膝の力が尽きて、すとんと体が落ちてしまった。

「ぁあっ」

ずぷんと彼が深く挿《さ》さる体勢になり、わたしは泣きそうになる。

「う……っ」

秀王も呻いた。

「これは……すごくいい」

そして、彼がわたしを乗せたまま下から突き上げた。

「ひうっ」

全然楽じゃない！

「おまえも思うままに動いてみろ」

わたしは、彼の激しい動きに振り落とされないようにするだけでせいいっぱいだったが、彼の首にしがみついているうちに、次第に彼の律動とわたしの感受性の波長が合ってきたようだ。くすぐったいような、もどかしい感覚が生まれたところへ、彼の剛直が突き入ってくる。

あまりの質量に辛くなってきたと思うと、彼が加減して緩めてくれる。その時にわたしの中に満ちていた妖しい雫がとろとろと溢れて、再び彼が挿入《はい》ってくる時には葛《くず》の水菓子のような潤いとなるのだ。

彼の言うようにこちらからはなかなか動けないけれど、あまりの快感に耐えられなくなって、うっかり彼の背中に爪を立てたり、彼の首筋に唇を寄せて物欲しげに舐めてしまったり。

「う、雪花……っ、どこで、そんな」

彼がそれを悦《よろこ》んでいることは、わたしの体の奥を蹂躙する剛直から伝わってくる。

胎内を穿っている肉棒が、さらに大きくなってわたしの内側からぐいぐい圧してくるからだ。

「ああん、青冥様……すご……大き……っ」

ふと気が遠くなって、彼の体から手を離した。ぐらりと体が傾き、後ろに倒れるかと思った時、彼の手が華奢な腰を力強く引き寄せた。

「……あ」

「危ない、雪花」

その瞬間、顔が近づき、唇が触れる。

むさぼるような口づけに応えて、わたしも彼の舌を吸った。

わたしのお腹の内襞を、彼が何度も叩いてきて、そこに意識を集めると、たまらなく昂ってくる。

「そこ……ああ、そ、こ……」

彼に抉ってもらいたくて、わたしは淫らに腰を振った。

ぐちゅりと粘った音がして、耳から、そして粘膜から悪寒のような、奇妙な感覚が噴き上げてくる。

「あ、……あ、あっ……ぁああ――」

彼の腕が支えるに任せてわたしは背中を反り、内腿を思い切り引き締めた。

妖しい香などなくても、甘い快感に酔いしれてしまう。

「うっ、ば、ばか、まだ……っ、雪花……達く」

彼の余裕のない声。わたしは、彼に制御できないほど乱れてしまったのだ。

わたしのお腹の奥で、彼が心臓のように脈動していた。

とくん、とくんと震えながら、わたしの内壁に子種を吐き散らしている。

それ自身がまるで媚薬のように、わたしの体を痺れさせる。

わたしも一気に快楽の天空へと駆け上がり、激しく痙攣した後、脱力した。

二人で一緒に上り詰め、一緒にゆっくりと降りてきた。

＊　＊　＊

「疲れただろう。粉粥《こながゆ》はどうだ？」

秀王の声に目を開ける。

睦《むつ》み合い、劣情をほとばしらせた嵐の後でも、彼はやさしい。

「あ……はい、青冥様」

「ゆっくり起きろ。無理をさせてしまったからな」

わたしは、彼に支えられて上半身を起こし、乱れた衣を慌ててかき寄せる。

既に、手盆に菓子皿と匙《さじ》が用意されていた。

彼がその匙で粉粥をひと匙すくった。

「さあ、雪花。甘くて、疲れが取れるぞ。口を開けろ」

差し出された匙を見て、半分寝ぼけていたわたしはようやくはっきりと目覚めて背筋を伸ばした。

「あっ、自分でやりますから」

「遠慮するな、ほら」

彼に顎を掴まれ、強制給餌みたいになった。

「……ん」

ほんのりと甘く、葛がかかっていてとろとろした食感が、疲労した体にしみわたっていく。

「おいしい」

「すまなかった。俺はおまえひと筋で、他に気を散らすことなどできないから、ついおまえに無理をさせてしまう」

後宮の女たちが何よりも欲しがるであろう、この言葉を彼はいとも簡単に口にする。

「光栄です、青冥様」

「大げさな……おまえは皇太子妃にもなれたかもしれないのに」

その声に、微かな失意の色を感じて、わたしは彼を見返した。

「わたしは青冥様が好きなんです。皇子様だなんて知らなかった時から、ずっとあなたを待っていたのです」

むしろ皇太子妃なんて絶対に回避したいというくらい今の地位で満足している。この気持ちをどう説明すればわかってもらえるのだろうか。

「それ以上言うな。せっかく休ませようとしているのにまたおまえを抱きたくなる。いやいつだって抱きたいが、抑えられなくなるだろうが」

わたしは、この一途で美しい夫に娶られて、本当によかったと思った。

できれば辰州で静かに二人で暮らしたい。

だが、その一方で、わたしはこの正義感が強く、見目麗しい皇子をへき地に隠しておくのは惜しいような気もしていた。原作では、皇太子が皇帝ほどの知恵と統制力を持たない小者ゆえに、雪花の死後、この国が衰退の一途をたどったことを知っている。

――ううん、そんなことは考えない。

わたしは首を振って、邪念を払った。

「どうした、もう食べないのか?」

そう尋ねる夫は、今日も美しい。

甘ったるいほど愛してくれている。わたしは幸せだ。

＊　＊　＊

数日後、皇帝陛下の主催で、宮廷で皇子とその妃たちの顔合わせをすることになった。

とりわけ、第二皇子の秀王がまもなく辰州に戻るため、その前に親交を深め、国が安泰であることを再認識するという目的もあっただろう。

その頃には、秀王が誂《あつら》えてくれた衣が迷うほどあって、わたしはその中でも深紅の地色に白と銀の糸で梅の花を、金の糸で枝ぶりを刺繍した大袖の衫《さん》、その上から翡翠の色の披帛をまとって挿し色にした。

秀王は、自分の衣には全く頓着しないので、わたしがコーディネートした。

いつも身を構わず、髪もバサバサと乱しているので、そこはちゃんと梳《くしけず》って整える。

ぐうたらな皇子を演じ慣れてやさぐれた感じだった秀王が、こうしてきちんと身なりを整えると、とんでもない美形だということを思い知らされる。

イケメンなのは知ってはいたけど、彼が自分を卑下していうようなダメ皇子なんかではなくて、生まれも育ちも高貴な人そのものにしか見えない。

わたしは、ダイヤモンドの原石を磨くような楽しみを覚えてしまった。

秀王を磨いて美しく装わせるのが楽しくてたまらないのだ。

会場に着き、皇子たちは皇帝陛下に拝謁に行った。

皇后の周囲には貴妃《きひ》や徳妃《とくひ》、賢妃《けんひ》などのいわゆる側室が取り巻いている。

皇后陛下は妃とはまた違う格別な存在で、後宮の管理だけでなく、政治的な任務もかなり担う。それで、妃たちは皇后を畏敬の念で見ているが、妃同士では小競り合いが絶えないらしい。

そんな裏事情はともかく、大輪の花が咲き誇るように美しい貴婦人たちを前に、わたしは緊張していた。そこに第三皇子の妃が通りかかったので会釈をしたが、彼女は冷たい視線を浴びせただけでそっぽを向いた。

なんて感じの悪い。

それればかりか、通り過ぎる時にこんなことを言い捨てたのだ。

「なんか匂わない？　……牛糞《ぎゅうふん》かしら。ああ、辰州の匂いねこれ。……染みついたものは取れないわね、ああ臭い」

これには愕然《がくぜん》とした。

原作の雪花だったら、打ちひしがれて震えていたかもしれない。

娘の地位は朝議に居並ぶ大臣たちの序列にもなっている。

わたしではなく麗林が太子妃になったことで、任家の権勢が落ちてきているのは事実だ。とはいえ、辰州に飛ばされていたような評判いまひとつの皇子としても、第二皇子の妃であるわたしのほうが、第三皇子の妃より立場が上のはずなのに、太子妃を従姉《いとこ》に持つから、それを笠《かさ》に着て威張るとは。

そんな言動は自分が愚かであると言っているようなものなので、わたしはスルーしようと思った。ところが、思わぬ伏兵が現れる。

「何が匂うって?」

皇帝陛下に拝謁を終えた秀王がいつのまにかやってきていた。

彼が麗しいのは姿形だけではない。

風のように現れた秀王からふわりと高貴な香りが漂う。

わたしは、衣装はもちろんのこと、香りにもこだわって仕上げておいたのだ。

申王妃《しんおうひ》の侍女がつぶやいた。

「この香り……伽羅《きゃら》……ですわね」

金より高いと言われるほど貴重な香木を使ったのだ。

今日の秀王はパーフェクトと自負している。

申王妃も、その侍女たちも、彼に見惚《みと》れている。

秀王は冷えた声でこう言った。

「伽羅が臭いとは、申王妃の鼻はねじ曲がっているのだろうな。太医《たいい》に診てもらえ」

申王妃の顔が強張った。

——青冥様、すごく怒ってる……！

彼はその美しい切れ長の目で申王妃を睨《にら》み据《す》えた。

「今日の射的は、今の怒りで手元が狂ってしまうかもしれぬな。用心せよ」

——ぎゃっ、脅迫までしてる。言い過ぎですよ、青冥様。

申王妃は真っ青になり後ずさった。

険悪な雰囲気が立ち込めて、いっそわたしが臭いと言われてもスルーしたほうがどんなに気が楽かと思ったくらいだ。

そこへ麗林が来て、秀王に拝謁した。申王妃に向き直ると彼女は言う。

「無礼者。秀王殿下と雪花妃殿下に謝罪するのです」

皇太子妃の麗林と、第三皇子妃の申王妃は従姉妹どうし。

身内のはずの太子妃の口から出たのは、申王妃を厳しく批判する言葉だった。

「身分をわきまえることね」

申王妃は呆然としつつも、麗林の権幕《けんまく》にひるんでしぶしぶ頭を下げた。

「無礼をお許しください」

ぞんざいな謝罪だった。原作の雪花なら謝ってもらったとも思わずただ怯えていたかもしれないが、わたしは違う。

「ええ、皇太子妃殿下に免じて許します」と言って、立場をはっきりさせてやった。

申王妃は真っ赤な顔をして唇を噛みしめる。

だが、秀王の怒りはこれくらいでは収まらない。

「声が小さくて聞こえなかった。周りの者にも聞こえるように、そして見てもわかるようにしなくては到底許せぬな」

前世なら衆目の下で土下座しろと言っているようなものだ。

「青冥様、もう大丈夫ですから。陛下のところへお戻りください」

わたしが彼を促してなんとかその場を収め、申王妃は悔しそうに立ち去った。

「ごめんなさい、従姉が失礼なことを言いました。雪花さん、お久しぶりね」

「かばってくださってありがとうございました、麗林さん」

「いいえ、あんな振る舞いは朱家の恥だわ」

原作では、春燕が麗林の侍女となって後宮に潜り込み、雪花に濡れ衣を着せた。麗林は春燕の嘘を信じたのか利用したのかわからないが、皇太子にそれを告げて雪花を死に至らしめた恐ろしい女だと思っていた。

だが、原作と違って、春燕との絡みのない麗林は本当に気持ちのいい女性だと思う。

風格もあり、未来の皇后としてもふさわしい。

衣装も金糸を大量に使った打掛のような絹衣が見事だ。

後宮では身分によって衣装の質の良さや贅沢さに差があるが、申王妃は明らかに女範《にょはん》に反するほどの宝石を散りばめていた。

「麗林さんがお元気そうで何よりです」

わたしの一方的な印象かもしれないが、麗林とわたしの間には友情のようなものが芽生えており、わたしが前世の原作の中でなしえなかった幸せを互いに掴んだことが嬉しい。

皇太子殿下も、内気で臆病な雪花より、大輪の牡丹のような麗林を正室にできたことで満足だろう。わたしたちは並んで皇后陛下の席へと近づき、挨拶をした。

「拝謁致します」

「みな息災のようね。夫婦仲睦まじいようで何よりです。まずは世継ぎを儲《もう》けることがあなた方の最も重要な勤めです」

皇后陛下は、今ならマタハラと言われるような文言をくだされた。

第三皇子の申王には公主がひとりあり、まだ男児はいない。申王妃は、子を儲けたことでより傲慢になってのあの態度なのである。

朱麗林は男児を産めという宰相からの特命があるだろうが、わたしはそんなことは関係なく任家とも遠く離れた辰州で暮らせばいいのだから、原作のプレッシャーに比べると本当に楽で助かる。

一方、皇子たちはそれぞれに従者を引き連れて集まっていた。

弓矢の腕を競うというアトラクションがあるからだ。

「始まりますわ、ほら」

やはり夫婦のひいき目だろうか、秀王が真っ先に視界に入ってきた。

雄孔雀《おすくじゃく》の尾羽のように鮮やかな青や緑の装束に日の光が反射して後光が差しているように見える。皇太子と並んでも、秀王は見劣りしていないと思うのはわたしだけかしら。

秀王は田舎でのびのびと過ごしていたせいか、三皇子の中でもいちばん長身で見栄えがする。弓を射るために秀王が片肌脱いで、淡い青の衫に包まれた上半身が見えると、称賛のため息が聞こえた気がする。

多くの貴公子、令嬢たちが彼をよく見ようと前に出てきたが、中王妃だけは、さっきの一件があって怖《おそ》れをなしたか、後ろのほうで居心地悪そうに見ている。

――いくら狙い間違ってもそこまでは飛びませんて。

よほど秀王の脅しが怖かったのだろう。

そんな中、従者が武具をつけるのを手伝っている間、秀王がこちらに視線を投げてくれた。

わたしと目が合うと、彼は輝くような笑顔を見せた。

――だめ、そんな顔を他の女性に見せないでほしい。

見れば、皇帝陛下も秀王に注目していた。

眉目秀麗でいえば、秀王がいちばん。でも、武芸はできないふりをするのだろう。

わざと的を外し、失笑を買い、野心も能力もないことを見せて皇太子を安心させる。

無駄な兄弟喧嘩を防ぎ、宮廷の平和を守るためだ。

銅鑼《どら》が鳴って、腕自慢の始まりを知らせると、皇帝陛下が声高く言った。

「この的を見事得た者には褒美を取らそう」

そして陛下が目で合図すると、宦官が二人がかりで浅い衣装匣のようなものを運んできた。

「広げて見せよ」

女官も出てきて、模様がよく見えるように衣を広げて衣文《えもん》掛けに飾った。

宮女たちのうっとりした歓声が聞こえた。

それは目にも鮮やかな金色の布に鳳凰《ほうおう》を刺繍した袍だ。皇后の衣としてもおかしくない。

その制作を監修した高位の女官が進み出て、説明した。

「天下一の腕を持つ絵師に下絵を描かせ、第一針《だいいっしん》の称号を持つ尚儀《しょうぎ》に刺繍させた、世に二つとない逸品でございます。鳳凰の翼には極楽の鳥と呼ばれる異国の鳥の羽を使い、目玉には金剛石を嵌《は》めこみ――」

聞けば聞くほどため息の出るような高価な品である。

皇帝陛下は三人の皇子に視線を投げると言った。

「太子と秀王が新婚ゆえ、このような褒美を用意させた。むろん、申王にも挑戦権は等しくある。妃を思う心を弓に込めよ。さて、この中で最も妻思いな男は誰であろうか」

わたしは、心憎い演出だと思った。

これなら男も女も楽しめるし、微笑《ほほえ》ましい勝負になるだろう。

しかし、陛下の煽《あお》り文句が、秀王の心のスイッチを押してしまったことに、わたしはまだ気づいていなかった。

三人の皇子はくじ引きで射る順番を決めた。

最初は第三皇子の申王である。

実力なのかわざとかはわからないが、申王は無難に中心を外した。

二番目は皇太子の番だった。

さすがに幼少期から皇帝の後継者の座を見据えて武芸を鍛えただけあって、弓矢は得意中の得意らしい。

皇太子の放った矢は的のど真ん中に吸い込まれるように刺さり、拍手喝采を浴びた。

「おお、あの美しい衣装は皇太子妃のものですな」

「さすが皇太子殿下」

秀王の番がまだ終わっていないのに、場はすっかり盛り上がり、全て終わったような白けた雰囲気の中、彼は矢を番《つが》えた。

わたしは、人々の彼に対する扱いを悲しく思った。

本当はもっと聡明《そうめい》で、思慮深い人なのに。

女遊びなんてしていないし、放蕩もしていないのに。

でも、わたしだけは彼のすばらしいところを知っている。

美しい姿勢、日光に輝き、微風になびく黒髪。

モブのふりをしても、彼の美しさは隠しきれない。

わたしは秀王を笑顔で見守った。

彼もこちらを見て、静かにうなずいた。

きりきりと弓を引く彼の姿態はひときわ美しかった。

しなる筋肉、力強い腕。

あの腕に抱かれ、あの背中にしがみついていたのだと思うと、不謹慎ながら、顔が赤らんでしまう。

しかし、彼が矢を放った次の瞬間、とんでもないことが起こった。

おお、とどよめきが起こる。

秀王の矢は、的の真ん中に刺さっていた皇太子の矢を真っ二つに裂いて、その矢に成り代わって中心に陣取ったのだ。

わたしはよろりと後ずさった。

――何これ……。

大得意様を接待しているゴルフでお客様を差し置いてホールインワンしたみたいな。

絶対やってはいけないことを、彼はしてしまった。

あんなに飲んだくれの女たらしの放蕩ものを演じていたのに。

確かに、下手にやろうと思うとかえって難しくて違う意味で狙いを外したのかもしれないけど。

「青冥」

と、皇帝陛下が言った。

「失礼しました、兄上」

と秀王が言い、皇帝に向き直る。

「兄上は見事に真ん中を射抜かれましたが、いちばんの妻思いは誰か、と言われたのでこうするしかありませんでした——どうだ、雪花？　こればかりは譲れなかったが、俺の心がわかったか？」

秀王のその言葉で、人々の視線がいっせいにこちらに投げかけられた。

「ひ……っ」

——この人、わざとやったんだ……！

さっき申王妃にわたしが侮られたのを見ていたから、それが彼を奮い立たせたのかもしれない。わたしのことなんかいいのに。スルースキルでノーダメージだから、気にしなくてよかったのに。

なのに、彼の想いが切ないほど胸に迫ってきて、嬉しかった。

「秀王妃よ、どう思う？」

皇帝に呼びかけられて、わたしはひれ伏した。

膝をつき、両手を掲げて深く頭を垂れる。

最も丁寧な謝罪の姿勢をとったのだ。

「恐れ多うございます。皇太子殿下に敵《かな》う射手はおりません。あの美しい袍は朱麗林様こそがお召しになるにふさわしいもの……まことにおめでとうございます」

どよめいていた人々が、わたしに続いて皇太子と朱麗林に祝いの言葉を述べ、なんとかその場は収まったと思う。

「秀よ、そなたは妻を娶って変わったようであるな」

皇帝陛下の言葉に、皇太子もうなずいた。

「婚姻をしたからには、これまでの体たらくを改めて真面目に暮らすようにといった、私との約束を守っておるのでしょう。それにしても偶然とはいえ、見事だった。愛の力はすごいものだな」

皇太子に話を振られた秀王の表情は心なしか陰っていた。

彼は、ふと目を伏せ、何かをこらえるように言葉を飲み込み、小さく息を吐いた。

「はい、これからは、父上と兄上の手足となり、支えとなりたいと思います」

結局、彼の渾身《こんしん》の射撃はまぐれ当たりと見なされ、彼自身もまた皇太子の陰の、取るに足らない存在に収まったようだった。
わたしは、彼を傷つけてしまったのだと思う。
彼は本当はもっともっと輝く人なのに、その光を消して曇らせてしまったのだ。
——でも、そうしないとわたしは……

第五章

皇太子は制御し難《がた》い怒りと焦りを感じていた。

自分の射た矢が無残に裂かれて、その場に二弟の青冥の矢がまっすぐ突き刺さったあの瞬間。

青冥の野望と自分の未来を見た気がした。

「あいつめ……」

彼は呟く。

これまで、どうしようもない自堕落な弟だったのに。

何が弟を変えたのかと言えば、その答えはあまりにも明白だ。

――任雪花の存在だろう。

だが、あの時、雪花はひれ伏して無礼を詫《わ》び、最も見事に的を射たのはこの私、皇太子殿下にほかならぬと言った。

あの女に堕落した弟を立ち直らせるほどの力があったのか？

任雪花が妙齢となってからいくつかの宴で見かけたが、常に覇気がなく、着ているものも地味で、顔立ちは美しいが意志など持たない人形のような娘としか思えなかった。

任将軍の娘だからと皇后は勧めてきたが、しょせん家柄だけのつまらない女だと――。

だが、花見の宴で見たあの娘の眼差しの強さはなんだ。

今まで一度もそんな様子を見せたことなどなかったではないか。

この私が見据えても決して視線を外さず、睨《にら》み返《かえ》してくるとは。

だがあの時はまだ、任雪花に関しては以前の凡庸な印象が残っていて、逃しても惜しいとも思わずに青冥に譲った。

好みでいえば、朱麗林の快活さのほうがよかった。

未来の皇后としても、あれくらいしっかりした女のほうが後宮を仕切るにもいい。

しかし、あれほど出来の悪かった青冥を変えた女となれば、自分は希少な宝を見逃したということになるのかもしれない。

――いや、本当に青冥は変わったのか？

太子は思い出す。

幼少期の頃の青冥との関係を。

自分が立太子前は、今ほど皇子たちの間に格差はなかった。

ともすれば、武芸で青冥に負けそうになることもあった。

――父上は皇帝の後継者としての期待から私に厳しかったが、母上は、ことあるごとに私を褒め、弟たちをぞんざいに扱うことでその違いを理解させていったのだ。

青冥は母上に弱いから、母上が喜ぶように身を処していたのかもしれない。

むろん、母上も青冥が自堕落になれとは願っていなかっただろうが。

妻を娶った青冥は、母上の助言を聞き入れたのか、身辺整理をして雪花だけを寵愛し、政務にも関心を持ち始めた。

「太子殿下。妃殿下が、袍のお礼を申し上げたいと、若汐殿でお待ちです」

宦官がそう告げてきた。

父上からの褒美を受け取った麗林が、あの豪奢な衣を着て待っているのだろう。

——気が進まぬ。

「今宵《こよい》は疲れた。早く休むので、待たずともよいと伝えよ」

朱麗林の落胆した顔を思い浮かべながら、そう告げる。

宦官が立ち去ると、少しは憂さが晴れた気がして、夜空を見上げれば、遠くで爆竹の音が聞こえる。

——ああ、今日は祭りだったたか。

＊　＊　＊

「にぎやかですね、外」と小鈴が言った。

彼女はわたしが嫁ぐ時に、辰州に行くのでもよければ、侍女としてこれからも仕えてほしいと伝えたところ、「雪花お嬢様のおられるところならどこへでも行きます」と言ってくれたのだ。

その夜は、羅城《らじょう》をあげての提灯祭り《ちょうちんまつ》りというイベントがあった。

秀王は皇帝陛下に呼ばれていたので、わたしはこの時とばかりに小鈴を連れて街に出た。

普段だと真っ暗な刻限だが、今はあちらこちらに提灯が浮かんで、街路を照らしている。

爆竹の音や大道芸人の音楽や芝居の声。

お祭りは前世もこちらもあまり変わらない。

小鈴がはしゃいだ様子で言った。

「皇太后様が考え出した祭りだそうですよ。若い人を集めて出会いのきっかけを作り、都が繁栄するようにと願って。でもあたしたちはこれまでそんな余裕もなかったですね」

――なるほど、これもある意味、婚活イベントというわけね。

原作にはこの祭りについては書いてなかったから、おそらく雪花は祭りを見に外に出ることは禁じられていたのだろう。

雪花付きの侍女の小鈴も、そのとばっちりを食っていたに違いない。

「今までは悪かったわね、こんな楽しみも見せてあげられなくて」

「そんな……あたしよりも、お嬢様のほうがずっとお気の毒でした。でも今は、秀王様のおかげでお幸せであたしもよくしていただいて……。最初、反対したりしてすみませんでした」

「仕方ないわよ、どこの誰かもわからない怪しい人だったんだから」

「あうう……勘弁してください。さ、お嬢様、今日はこれをつけないとダメなんですよ」

小鈴がそう言って、用意していた絹の仮面を差し出した。

素性を隠すのがこのイベントのお約束である。

小鈴がくれたのは、目元を隠すだけの仮面だった。

それを互いにつけ合って、ようやく大通りへと出かける。

通りには露店がいくつも並び、にぎわっていた。

みんな仮面をつけたり、変装したりしていて、ヴェネチアのカーニバルに似ている。

夜空に無数の提灯が浮かぶ。

羅城の中央を流れる川で舟遊びをする様子も、ゴンドラみたいだ。

川の両側にも店が並び、提灯の明かりの下で芝居や大道芸が繰り広げられている。

鳴り物も絶え間なく、音と夜の闇と提灯の光が幻想的に交錯して、それだけでもロマンチックな気分になる。

「こんなところで出会ったら、相手が誰だって恋に落ちそうよね。顔の良しあしだってよくわからないし。小鈴は気になる人はいないの？」

わたしはそう言ってしまってから、前世ならモラハラ発言かもしれないと慌てたが、小鈴はカラカラと笑って答える。

「そんな人、いやしませんよ。それに、変なところに嫁に行くより、こうしてお嬢様にお仕えするほうが楽しいですもん。一生お嬢様のお側《そば》にいたいです」

この何気ない言葉が胸に応えた。

だって、原作では雪花の侍女として後宮入りした小鈴は、春燕と麗林の陰謀に巻き込まれて杖刑で落命してしまうのだから。

「もちろんよ！　あなたが相手を気に入って嫁ぐのでない限り、一生わたしのそばにいてちょうだい、小鈴」

わたしは小鈴の手をぎゅっと握りしめた。

この世界では小鈴のような侍女は、貧しい家の子どもが口減らしに売られたか、戦で負けた奴隷出身であることが多い。

富裕な家に嫁ぐ可能性は少ないから、秀王府に置いておくほうが幸せかもしれない。

すると、小鈴はぐすんと鼻を鳴らして、慌てて袖口で目を拭う。

「あ、あの、お腹空きませんか？　あたし、何か買ってきましょうか」

「あ、そうね」

こんななんでもない自由が嬉しい。

今日は縁日を楽しむに十分な金子の入った巾着を小鈴に持たせている。

鉄斎先生の奥さんが恵んでくれたお菓子をこっそり食べていたあの頃が遠い昔のよう。

屋台の並びを眺めていると、丸い団子のようなものを数個、長い竹串に通したものが売り台にたくさん立てられていた。

「あれは……どう？」

あれは何か、とは聞かない。

きっと誰もが知っているお菓子だろうから、また彼女を驚かせてしまう。

わたしがその屋台を指さすと、小鈴が答えた。

「サンザシですね、買ってきます。ここでお待ちください」

そして彼女は軽やかに屋台に向かっていった。

わたしは前世のお祭りを思い出して、懐かしさと、今の幸せを噛みしめる。

が、ぼんやりしていたその時、突然、背後で爆竹が鳴り、辺りが騒がしくなった。

思わず悲鳴を上げた自分の声もよく聞こえないほどの喧噪と動き出した人の波に、わたしは危機感を覚えた。

何かの行列が始まったらしい。

わたしは小鈴とはぐれないように屋台に近づこうとしたが、人に押されて遠ざかってしまう。

「小鈴、小鈴！」

必死の呼び声も届くはずもない。

人のうねりはどんどん大きくなって巨大な生き物みたいだ。

――これは……ひとつ間違えば大惨事だわ！　小鈴は屋台の側にいれば安全だと思うけど。

万一はぐれた時のために集まる場所を決めておかなかったのは失策だが、ドミノ倒しに遭わないように、少しずつ動いて安全な場所まで行こう。

わたしは人込みに埋もれそうになり、必死でもがいていた。

――ああ……っ
非力すぎてどうにもできないでいた時、ふいに誰かに腰を抱えられる。

「あっ？」

――青冥様？

力強い腕。

わたしを抱き上げたその人は、川の欄干へと身を躍らせて群衆の中から抜けると、そのまま綱渡りのように駆けていく。

提灯の灯《あか》りがまぶしい。

落ちないようにその人にしがみついているうちに、どうやら川の橋上にしつらえられた芝居小屋へと潜り込んだらしい。

垂れ幕で外からは見えないようになっていて、庶民には入れない貴人のための観劇席だ。

わたしを床にそっと下ろしたのは、黒絹に金糸の縁取りをした衣を着ており、鼻から下を黒い紗《うすぎぬ》の覆いで隠していたが、眼光の鋭さには見覚えがある。

「無事か？　危うく潰されるところだったな」

笛や太鼓の音色と芸人の歌とは異質な響き。

それは秀王の声ではなかった。

「ど、どうしてここに……皇太子殿下？」

真っ先に礼を言わなくてはならないのに、驚きすぎてそんな言葉しか出ない。

彼は顔の覆いを取り外し、それからわたしの顔に手を伸ばしてきた。

本能的に後じさりしようとしたが、それより早く皇太子の指がわたしの仮面を摘まみ取った。

「やはりそなただ。雪花。青冥はどうした」

顔が近いし、圧が強い！

「今日は出かけていて……でも、どうして助けてくださったのです？」

「ここで芝居を見ていたら、偶然、そなたの姿が見えたのだ」

——ええ……？　そんな偶然ある？　仮面をしているのにあの群衆の中から見分けられる？

ちょっとストーカーみたいだけど、ここは頷いておこう。

「ありがとうございました、殿下」

「ありがたいと思うなら、しばしつき合え」

「ええと……つき合う、とおっしゃいますと？」

「ひとりで身をやつして芝居を見てもつまらぬからな」

「でしたら、妃殿下をお連れあそばせ！　わたしは芝居の良しあしはわかりませんので」

麗林との友情のためにも、自分の保身のためにも、ここはきっぱりと断らなくては！

「つれないことを申すな」

皇太子はそう言って、杯《さかずき》を掴んで差し出した。

酌をしろということだろう。

「お注ぎしたらお暇《いとま》します。侍女とはぐれてしまったので急いで戻りませんと――」

「秀王府になら私が連れていってやるが」

「いえ、そんな畏れ多いことは――とにかく、このお礼は後日あらためてお伺いします」

「ばかな。庶人の祭りの夜に宮城を出て戯れていたなどと、父上に知れたらどうするのだ。礼をしたいなら、ここにいろ」

わたしはそんなやりとりをしながら、皇太子の杯に酒を注いだ。

麗林とうまくいっているのではないのかしら。

皇太子はわたしが注いだ酒を秒で飲み干し、また杯をこちらに差し出す。

わたしは黙々と酌をする。

前世で、親戚の法事に行くと女たちはみんな酌をさせられて嫌だったけど、今の重圧感に比べたら大したことなかった。などと思いながら。

「……気に入らぬ」

深酒をしている様子でもないのに、彼は不機嫌な声で言った。

原作によれば、麗林を側室にした後、皇太子の足は遠のき、雪花はほとんど放置プレイだったようだ。

ただただ、皇太子に依存しなければ自分の存在価値すら見つけられなかった雪花は、この無情な男の一挙手一投足に怯え、動揺していたのだと思う。

——でも、わたしは違うんだから。自分の機嫌は自分で取れっつーの。

「お気に召さぬとは、何か無作法がありましたか？」

わたしがとぼけてそう言うと、皇太子は答えた。

「そなたは私を避けてばかりいるだろう。毬試合にも来なかったし、花見の宴でも姿を隠していたではないか。なぜだ？　そなたは皇太子妃になりたくはなかったのか？　そなたが望めば届いたであろう」

——よく言うわ。

原作では放《ほ》ったらかしの末、毒杯を呑むことになった雪花を見殺しにしたのに。

「わたしには荷が重すぎます。麗林様こそ、その座にふさわしいと思います」

「そんなことはない。そなたのようにはっきりと物を申す女こそ、私の妃になるべきだった」

皇太子は、釣った魚に餌をやらないタイプだったのか?

逃げるほど追いかけたくなるタイプか?

皇太子妃におさまった麗林にはもう執着がないということなのか。

だったら、誰も幸せになれない。

「無理ですね。お望みのとおりにはっきりと申しますが、わたしは後宮に入りたくなかったのです。わたしひとりを大事にしてくださる殿方でなければ添い遂げられません」

こんなところで他の女にネチネチ言ってるようなあなたは嫌いですよ。

すると、皇太子は驚いたような顔をして言った。

「そなたは、青冥の放埓ぶりを知らずに嫁いだのか?」

――そうだった。秀王が遊び人でないということはわたしとおそらく龍箔以外に知らない。

「か、過去のことはいいのです。もうちゃんとしてくださったので。今は信頼できるお方ですから」

苦しい言い訳になったが、意外にも皇太子は反駁しなかった。

このところの秀王の真面目な務めぶりから、心を入れ替えたとでも思ったのだろう。

「なるほどな。……だが、子が授からねばそういうわけにもいくまい。青冥とて、世子がなければ近々母上から佳人を与えられるだろう」

――うっ……嫌な事を言う。

確かに原作の雪花も、結婚してたった一年で見切りをつけられ、皇太子が側室に麗林を迎えることを受け入れざるを得なかった。

皇族でなくても、官人にすぎない父でさえ、第二夫人がいたのだから、わたしの前世の結婚観はここでは異質なものに違いない。

「お酒がもうなくなりました。それでは失礼します！」

わたしは空になった酒器を几に置くと、立ち上がった。

「待て」

皇太子に腕を掴まれ、引き戻されそうになったその時だ。

外で歓喜のようなどよめきが聞こえた。

二人とも一瞬動きを止めて、外を見る。

夜空にひときわ大きな提灯が、飛行船のように浮かんでいる。

わたしには、そこに書かれた文字がはっきり読み取れた。

――我ハ雪花ヲ愛ス　青冥

これは、いわゆるサプライズだ。

秀王からわたしへの愛の告白――というか愛の確認の印なのだろう。

「青冥様……」

度肝を抜かれたのは皇太子も同じで、彼はわたしを捉えていた手をふと離した。

その隙にわたしは芝居小屋の外へと身を躍らせる。

欄干伝いに秀王を探し、「青冥様！」と何度も叫んだ。

「雪花、ここだ！」

その声は下方から聞こえてくる。

ちょうど芝居小屋のある橋の下を通過する小舟に、彼が乗っていた。

「青冥様！」

「待て、雪花」

背後から皇太子の声が追いかけてくる。

――もういい加減にしてっ
わたしは欄干を乗り越え、秀王の小舟めがけて飛び下りた。

「わっ、雪花？　なっ――」

にこにこしていた秀王の顔が引きつってるけど、仕方ない。

秀王の腕に受けとめられるまでの間、全てが止まったような気がした。

「ばっ……なんて無茶するんだ」

衝撃で揺れる小舟の上で、しっかりと抱きしめられた。

彼の腕の中で、わたしは呟いた。

「このまま辰州まで流れちゃえばいいのに」


それから数日後、秀王が皇太子に呼ばれて出かけたかと思うと、浮かない顔で帰ってきた。

「おかえりなさいませ、青冥様」

「ああ、雪花。おまえの顔を見ると癒《いや》される」

「何かあったのですか？」

「これだ」

彼は、持ち帰った包みを開いた。

そこには割れた茶器がひとつ入っていた。

「どうしたのですか？」

「父上から賜《たまわ》った茶器を兄上が不注意で割ってしまったそうなのだ」

「それで、どうしてその茶器がここに……？」

彼の表情から、なんとなく嫌な予感がした。

「兄上は俺が酔ってふざけて持ち帰って割ったことにしてくれと言うのだ。それならみなが信じるし、父上も俺を辰州に遠ざけているうしろめたさから俺には少々甘く、許してくれるだろうと」

「そんな……」

こういう時、皇太子とそうでない皇子との格差を実感する。

「でも、ここに持ち帰る必要がありましたか？」

「俺が割ったのでなければ、従者の失敗にしろと」

「そうしたら……その従者はどうなるのですか？」

「悪くすれば、処刑されるだろうな」

「皇太子殿下はあなたご自身が恥をかきたくなければ、従者の首をひとつ差し出せ、とおっしゃっているのですね」

ろくな取り調べもせず妃に毒死を命じるような男だ、それくらいやりそうだ。

「兄上は俺の心を試しておられるのだ。兄上の弓を裂いて的中させたことを根に持って……」

ああ、やはりそうか。

あの場では、秀王の的中は偶然のまぐれ当たりと片付けられてしまったが、皇太子殿下の警戒心を呼び覚ましてしまったのだ。

しかも、わたしが提灯祭りの時にはっきりと拒絶したことも関係しているかも。

あの夜のことは秀王には言っていない。

「どうするのですか？」

秀王は思い悩んだ顔で黙っていた。

その時、「お茶をお持ち致しました」という声が聞こえた。

侍女の小鈴である。

小鈴はしずしずと入ってきて、茶器を並べる。秀王がちらりと彼女を見た時、わたしははっとした。

「ありがとう。小鈴、もう下がって。すぐ下がりなさい」

少々きつい言い方になってしまった。

「はっ、はい。失礼しました」

小鈴は、慌てて出ていった。

「雪花」と秀王が言う。

「別に俺はまだ何も――」

「小鈴はわたしが望んでここに来てもらいました。彼女には何の罪もありません。もしあの子をというなら、わたしが――」

転生前の世界では、人はみな平等に、生きる権利を持っていた。その生きざまは決して平等ではなかったし、陰でないがしろにされる命もあっただろうが、統治者が国民の前で茶碗《ちゃわん》を割ったくらいで民を殺すなど、ありえないのだ。

しかし、情けないことに、わたしが代わって罪をかぶるとは、最後まで言い切ることができなかった。わたしの立場も、また虫けらのようなものなのだ。

秀王は驚いた顔で言った。

「いくら情をかけているとはいえ、侍女は奴婢《ぬひ》と同じだぞ？　それをそんなにしてまで庇《かば》うとは、おまえはどこまでも情が深いのだな」

「あの子がいてとても救われたのです。彼女が冤罪で死ぬようなことがあったら、わたしの胸が引き裂かれます。あなたの従者だとしても同じです」

わたしは思いのたけを言いながら、ようやく決心がついて、その恐ろしい言葉を口に出した。

「……もし、もしわたしが罪を被《かぶ》って死罪になったら、あなたは泣いてくださいますか？」

答えは聞かなくてもよかった。皇太子と違って秀王は、少なくとも愛人の部屋でその妻の死を待つというような非道はしない人だとわかっている。

ばかな、と彼は言った。

「おまえを黙って死なせるはずがなかろう。そんなことになったらその時こそ大軍を率いて反逆する」

「青冥様……」

すると、ようやく彼の顔が晴れやかになった。

「おまえの気持ちはよくわかった。そして俺のすべきことも」

彼は小鈴の運んできたお茶をぐいと飲み干すと言った。

「もうこのことは心配するな。兄上は俺に野心があるかどうか、確かめたいだけなのだ。ただ、そうなると父上の心証を害することになり、俺は早々に辰州に赴くことになるが、いいか」

いいも悪いも、早く都を離れたい。

そのために秀王に惨めな気持ちを味わわせるのは辛いけれど――。

「世界は広いんです。辰州を立派に治めて、誰もがうらやむような素晴らしい都にしたらいいのではありませんか?」


そして数日後、二人は茶会に招かれた。

茶葉の塊をすりこぎで潰して粉にするところから、茶の作法らしい。

皇帝陛下に西方から取り寄せた極上の茶を献上するという触れ込みで、皇太子殿下が茶会を開いたのだ。

皇太子は優雅な手つきで茶葉を擦り、煎じている。

皇后陛下はにこやかにその作法を眺め、朱麗林は少し緊張した面持ちで成り行きを見つめていた。

最初に皇帝陛下が茶を味わい、満足そうに言った。

「これはよい品だ」

次に皇后陛下に、そして秀王の番が回ってきた時、

「秀、おまえの茶器はどうした? 父上から賜ったあれを貸してやっただろう?」

――来た……。

わたしは身がまえた。

秀王は茶器の入った包みを差し出し、それから少し後ろに下がった。

腕を重ねて顔の前に掲げ、深く頭を下げる。

「ここにあります。父上、兄上、申し訳ございません」

「何事だ」

皇太子が何も知らないかのように尋ねた。

「その大切な茶器を、酔ったはずみに割ってしまいました」

皇后がはっと息を呑んだ。

「なんと?」

秀王が包みを開けて、うやうやしくその茶器を掲げる。

「割れておらぬではないか」

皇帝が言った。

「割れております。ここでございます」

彼が指示した箇所には稲光のような形に金色の筋が走っていた。

「これは……？」

「なんとか元に戻そうと、漆で繋いで金粉を振りました」

「ほう……？」

これは、金継ぎという日本が誇る修復技法だ。この世界ではまだそんな技術は広まっていないようだったが、最善を尽くそうと考えを巡らせた結果、わたしは思い出したのだ。

前世にテレビで見ただけなので、うろ覚えだったが、漆を扱う職人と相談して、別の陶器を割って修復できるか試してみた。

使い物にならない器を蘇《よみがえ》らせて、少しでも罪が軽くなるようにと知恵を絞った。

そして、わたしが罪を被ろうと密かに考えていたのだ。

「皇帝陛下、申し訳ございません。実はわたしが――」

「雪花」

秀王に言葉を封じられた。

「父上、兄上、俺が割ったんです。どうかこの不届き者を罰してください」

「青冥様」

夫を見殺しにするようなことはできない。わたしはどうしても彼に冤罪を着せたくない。

彼の輝きに泥を塗り、曇らせ、軽んじられたままにしておくなんて嫌なのだ。

原作の雪花を見て、わたしはただ、死にたくないと思っていた。

そのためには原作の雪花のやらないような言動をして、運命に逆らおうと思った。

雪花がただ、人の言いなりに生きて人の言いなりに死んだことが愚かだと思った。

でも、転生したわたしのやっていることは、自分が死にたくない、それだけだ。

もちろん死にたくない。だが、どう生きるかなんて全く考えてなかった。

ようやく、そのために犠牲になってもいいと思える人に出会えた。

従者の命も大事だし、わたしも死にたくないが、秀王の心が傷つくのを見るのだって嫌だ。

「父上、どうか罰を」

秀王がうなだれる。彼は全て飲み込み、辰州に去るつもりだろう。

わたしだってそれを望んでいたはずなのに、何か違う。

秀王を踏みにじってのうのうと生きていくのは、違う。

わたしはじりじりと前に出た。

「皇帝陛下、わたしがやりました。命を賭してお詫びいたします」

ついに言えた!

やっぱり毒杯を賜ることになるのだろうか。

「そうか、これはそなたの仕事か」

皇帝陛下が言った。

――ん？　仕事……？　仕業ではなくて？

「この器を直したのは、王妃の思いつきであったかと尋ねておるのだ」

皇帝陛下はさまざまな角度から器を眺めてそう言った。

「割れた器を繋ぐだけでなく、金粉をあしらうとは、常人では思いつかぬ。これを見よ。割れた痕が梅の枝ぶりのようではないか」

皇帝陛下は上機嫌だった。

確かに、前世でも日本の金継ぎの技とその精神は素晴らしく、ただの補修を超えて芸術の域に至っているとは聞いている。

皇帝の言葉に、秀王が返した。

「はい。謝罪するだけではなく、償いとして最善を尽くそうと、雪花が考えました」

「ものを大切にし、割れてもこのように生まれ変わらせて使い続ける。余はこのたび、贅沢禁止令を出そうと思っていたところであった。この時節に、民の手本となるような慎《つつ》ましい心根は、見上げたものである。そなたたち二人に褒美をとらそう」

「……父上……？」

秀王も呆然としていた。

「罰ではなく、褒美……ですか」

思いがけない展開だった。毒杯が褒美に変わった。

わたしは緊張の糸が切れて、ふらふらと崩れそうになった。

「秀王、よい妃を娶ったな。……おまえたち二人が庇いあう姿にも感動した。おまえは生まれ変わったのだな。……もう辰州へ行かずともよい。彩都に残って朝議にも出るのだ。今の仮住まいを秀王府としてそなたに与える」

皇帝陛下の言葉にまた仰天した。仮住まいの屋敷をそのまま秀王に賜る?

第三皇子の申王の顔がさっと青ざめた。

彼らの住まいよりも、秀王に授けられた屋敷のほうが広大だったのだ。

秀王は皇后の産んだ皇子であり、申王は側室の子なので パワーバランス的に不思議ではないが、これまで遠ざけられ、軽んじられてきた秀王に出し抜かれたショックは大きいだろう。

しかも、辰州へ行かずともよい、なんて……。

一難去ってまた一難である。

＊　＊　＊

「おまえは大したものだな、雪花」

秀王はそう言って、わたしを抱きしめた。

――そんな……、そんな……。

「つまり、この屋敷にずっといられるということですか？　雪花お嬢さ……奥様」

遠い任地に行かなくてもよくなって、事情を聞いた小鈴も嬉しそうだ。

「そうだ。宮廷に行くことは増えて荷が重いかもしれないが、雪花は父上に気に入られたのだから、後宮でも軽んじられることはないはずだ。いまに妃嬪たちから機嫌取りの贈り物が届くだろう。あの鼻持ちならん申王妃はどう出るかな」

――そういうのが嫌なんだけどな……。打算ですり寄ってくる人たちはすぐに手の裏を返しそうで怖い。

「雪花は気苦労もあって疲れただろう。風呂で体を温めるがいい」

秀王のねぎらいが嬉しい。

長方形の木製の風呂は泳げるくらい広くて温泉旅館みたいだ。

花びらもたくさん浮かんでいて、いい匂いがする。

わたしは湯に浸《つ》かって、思いっきり体を伸ばす。

「んーっ、気持ちいい！」

肌にまとわりつく花びら。

古の皇后はこの花びらを顔に貼り付けて、それがあまりに美しいと花鈿にしたりしたそうだ。

みんな、殿方の心を捉えるために必死で美しさを競う。

入浴中も侍女たちが湯殿の縁に立って花びらを湯に投げ入れながら、女主人が上がるのを待っているのはいつまでも慣れないが。

その侍女たちが動く気配がしたかと思うと、

「雪花、随分とくつろいでいるな」

秀王の声が聞こえた。薄い衣を羽織っている。

彼が何か合図をすると、侍女たちは静かに出ていった。

彼が湯殿に来るなんて、不吉な急報かと思ったが、声は明るい。

「どうしたのですか？」

「理由がなくては来てはだめなのか？」

「そんなことは……ないですけど。人払いをしたので、喫緊《きっきん》の案件かと」

彼の声が近づいてきたので、わたしは湯舟の花びらをかき寄せて体を隠した。

薄い衣を一枚羽織っただけの秀王が湯殿までやってきた。

「おまえがなかなか出てこないから」

「そんなに長風呂ってわけじゃないですけど？」

「片時もおまえと離れていたくないのだ」

彼が湯舟に入ってきた。

水面が揺れて、花びらが乱れる。

わたしは慌てて両手で胸を覆った。

「今日のおまえのことを思い出して――」

「今日の？」

「父上の前で、俺を庇おうとしていただろう」

「妻なら、そ、そのくらいしますよ」

彼は薄衣を脱いで放り投げ、腕の中にわたしを閉じ込めた。

珠の雫が彼の肌で弾ける。

若くて美しい肉体に、目がちかちかしてしまう。

「兄上たちの顔を見たか？　俺は妬まれてしまったぞ」

「うっ……やりすぎてしまいましたか……？　ごめんなさい！」

「謝ることはない。痛快だった。兄上はおまえを娶りそこなったことを後悔しているかもしれないな」

――やめてやめてそんな恐ろしいことを言うのは。

その娶った結果を知っている身としては、冗談として受け止められない。

「だとしても、絶対におまえは渡さない」

彼の手がわたしの頬に触れた。

唇が重なる。

「おまえはかわいいな。罪を被ってまで俺の名誉を守ろうとしてくれた」

「あなたの名誉なら守るかいがあります」

間接的に皇太子の尻ぬぐいをすることになるのは腹が立つけれども。

秀王はふと笑った。

「喫緊《きっきん》の案件、と言ったが、あながち外れてはいない」

「えっ」

「俺の体が――」

「は？」

彼の手に導かれて、わたしの手が湯の底へと沈められた。

「ほら、な？」

硬いものに触れて、わたしはどきっとした。

薄衣をまとって入ってきた時は気づかなかったのに、短い会話の間に彼の雄肉がもう屹立《きつりつ》していたのだ。

「青冥様！」

ふざけないでと言いたくて、つい叫んでしまった。

「痛い。はちきれそうで困る」

そう言いながら、彼はわたしの腰を引き寄せた。下腹が密着して、のっぴきならない感じのそれがわたしのお腹をぐいぐい圧してくる。

「もう……っ」

「人払いをしたのもそのためだ。早く鎮めてくれ」

しかし、彼は性急にことに及ぶことはない。

わたしのお尻をそっと持ち上げて、彼の膝に乗せた。

自然とわたしは足を開く姿勢になり、秘裂の花弁がそそり立った彼の裏筋に押し付けられる。

「あ……っ」

挿入されてはいないのに、痺れるような快感に体が弾んだ。

「逃げるな」

乱暴な言葉なのにそのトーンは甘い。

また強く腰を抱き寄せられて、わたしは弄ばれるように彼の膝の上で揺らされる。

「やっ、……それ、……いゃ」

ひどく敏感な媚肉を擦られたら、もう抵抗などできない。一度その感覚を知ってしまうと、軽く触れられただけでも感じてしまう。

「嫌か？　本当に？」

「ひ……ああん」

自分でも信じられない淫らな声が出てしまう。

臀部《でんぶ》を掴まれ、上下に揺すられる時、乳房の先が彼の胸に触れるのもたまらない。

湯舟が波たち、花びらが乱れ散る。

「ぁあ、あ……っ……ン」

「嫌がられているような気がしないのだが、そうか、嫌か」

「青冥様こそ……余裕じゃ……ないですか――ああっ」

懸命に反駁しているそばから、彼が腰を突いてきた。

くにゅりと花弁が開かれて、雄竿で嬲《なぶ》られる。

お腹の奥にどろどろと熱いものが渦巻くような感覚が溢れる。

それはふつふつとたぎって、全身をむしばむように広がり、危険な愉悦へとわたしを堕《お》としていく。

「やめ……もう、……も、……達《い》って、しま……」

意地を張るのも限界だ。

正直にわたしは敗北を訴えた。

彼はそれをどう受け止めたのか、わたしの胸にかじりついた。

口に含み、舌先でぬるぬると弄り、ちゅっと吸われ、わたしは耐えられなかった。

「あ……ッ、……ああ、あ」

ぱあっと頭の中に光が満ちて、弾ける。

「雪花……」

彼も時機を得たというように、わたしの太ももを掴んでさらに足を開かせる。

そして、自分の根本に手を添えてわたしの中に挿入ってきた。

「はっ……あああっ」

肉襞を押し分け、強引とも思える力強さで蹂躙され、わたしは啼《な》くしかなかった。

十分に濡れていたはずなのに、まだ苦しい。でも気持ちがいい。

「雪花……っ」

秀王の艶っぽい声がわたしの名を呼ぶ。

わたしの体を抱きしめて、奥の奥まで自分で満たそうとしているみたいだ。

二人の裸身が弾むたびに、蜜洞に湯水が入っては掻《か》き出《だ》され、淫靡な水音を立てる。

強く圧し上げられる快感に加えて、退く時でさえ、かり首で抉って爪痕を残す。

彼の剛直が暴力的に与える法悦の嵐に、自分が今どこにいるかすらもおぼつかなくなってきた。

「……っ、出る……」

彼が呻いた瞬間、内圧が増して、わたしの子宮口を突いた。

「ああ……っ」

顎を反らして、わたしは硬直した。下腹部からくる激震に全身を震わせる。

無防備に崩れ落ち、花びらを撒き散らして湯の中に沈みそうになった。

彼の腕に救い出されなければ溺れたかもしれない。

その胸に頬を預けて半ば気を失っている間も、わたしの中で、彼がびくん、びくんと脈打っていた。

＊　＊　＊

「すまん、雪花。無理をさせた」

気がつくと、わたしは臥所に寝かされており、秀王が寄り添っていた。

「つい……兄上に嫉妬して、辛く当たってしまった」

「え……そうなんですか？　なぜ嫉妬を？」

「おまえは序列を重んじて謙虚に振る舞うが、それは兄上を何より大事に思うからではないのか？　俺が横取りしなかったらおまえは太子妃になれたかもしれない」

「それは絶対にありません！　天地がひっくり返ってもお断りです」

「本当か？　無体をして気を失わせた俺を嫌いになったのではないか？」

「なりませんよ。ちょっと湯当たりしただけですし」

彼を安心させようとしてそう言いながらも、実家で十分な栄養を摂《と》れていなかった雪花の体はあまり丈夫ではないので、彼の精力を満足させるのは至難の業だと思えた。

しかも、原作の雪花は皇太子の嫡子を儲けることはできなかった。

皇太子と疎遠になっていたからなのか、体質的に難しかったからなのかはわからない
秀王の子を産むことができないかもしれないと思うと、わたしの気持ちは複雑だ。

麗林が男児を産んで皇太子の世継ぎができれば、面倒な問題はなくなるので、わたしとしてはまだ妊娠しないほうがいいのだが。

「でも、青冥様はお子が欲しいですよね……」

「どうして、今そんなことを言うんだ?」

「わたしは急がないほうがいいと思うのですけど、もしも世子ができなかったら……」

祭りの夜の皇太子の言葉が頭に残っている。わたしが身ごもらなければ、皇后陛下が美しい侍女を第二夫人、第三夫人として送ってくるだろう。

結婚当初は、秀王を女好きのだらしない男と誤解していたため、側室が何人いてもかまわないと思っていたわたしだが、それどころか一途な人だったとわかった今では提案しにくい。

一夫多妻が当たり前のこの世界観ですら、女たちは嫉妬や焦燥感に苦しんでいた。

ましてや、一夫一妻制の前世を覚えているわたしには、もっと耐えられないような気がする。

裏切られた妻の復讐《ふくしゅう》劇が好んで読まれるくらい、夫の浮気は嫌悪感を催すものなのだ。

――いや、そうじゃなくて。

わたしは、秀王のしょげた顔を見て胸がキュンとした。

第二夫人を娶れなんて言ったら、彼は傷つくだろう。それでも、絶倫を抑えることは不可能だろうし、わたしの体を労わるためにその提案を呑んでくれるかもしれない。そして、別の女性と体を重ねたらと思うと、胸が苦しくなった。

原作の雪花の気持ちがやっとわかってきた。

「おまえ、変なことを考えているんじゃないだろうな？」

「え……ええと……」

「そりゃあ、できれば雪花が俺の子を宿してくれたら嬉しいが、世継ぎのためとか別の女に産ませるとかは考えてないからな！　そんなことを言い出したら許さない」

「ですよね……」

「っていうか、おまえはそうしてもいいというのか？　俺が他の女を抱いても？」

「……やだ」

わたしは即答した。曖昧に表現してこじれるのは本意ではない。

「何？　もう一度言ってくれ」

秀王は本当に聞き取れなかったのか、わざとなのか、わたしの顎をくいと持ち上げて言った。

「嫌です。あなたが他の人を愛するなんて嫌です。愛してなくても抱けるという心境が理解できないので、他の人を抱くのも我慢できないと思います」

すると秀王は、その形のいい眉を歪めてため息を吐いた。

「おまえはなんて正直なんだ。……そんなふうに言われたらまた可愛がりたくなってしまうだろう。だが、体は華奢《きゃしゃ》だ。本能のままに抱いていたらおまえの体は壊れてしまう。……俺も考えねばな」

彼が何をしようとしていたのか、その時はわからなかったが、ただ、彼は側室を迎えることもなかったし、わたしの体を労わりつつ愛してくれた。

彼は、持て余す精力を分散させるために、武芸と政務に励んでいたのだ。

隠していただけで、もともと武芸に優れていた彼は禁軍の訓練にも頻繁に顔を出して信頼を得、朝議にも真面目に列席して、皇帝陛下や大臣たちの報告に耳を傾けていたらしい。

決して出しゃばらなかったが、皇帝に意見を求められた時の答えには、見識の広さと怜悧《れいり》な判断が垣間《かいま》見えた。

皇太子殿下も弟に張り合って武芸と政務に精を出し、皇帝は兄弟で切磋《せっさ》琢磨《たくま》する様子を喜んだという。

だが、そんな秀王のいい変化を喜ぶ者ばかりではない。

ある日、目を覚ますと寝台に秀王がいなかった。

いつもぐずぐずとわたしの側にいて起きたがらないのに珍しいことだ。

彼が書斎室に籠っていると聞いて、わたしは様子を見に行った。

几の上に書類や竹簡が積まれ、その隙間からようやく彼の顔が見える。

「雪花……どうした、おまえのほうから来てくれるとは」

「この書類は……？」

「辰州の収支を明日の朝議までに提出しろと言われた。宰相の嫌がらせだ。突然言われても無理だ。宰相もわかって言っているし、昔の俺なら、そんなことできるかと一蹴すればよかったんだが……今はなぜか、それも癪《しゃく》に障る」

そんな、夏休みの宿題を始業式直前に命じるみたいな嫌がらせを――！

「資料は揃っているのですか？」

「お……おう、計算するのが面倒なだけだが、なにぶんにも時間が足りない」

――パソコンまでは望まない、せめて電卓があれば間に合いそうなのにな……。

「算盤《そろばん》はありませんか？」

わたしが子供の頃、祖母の計算力が超人的だった。小さい時から算盤を習っていて、熟練すると道具がなくても算盤の珠を頭に思い描きながら、指を動かすだけで複雑な計算ができるようになると言っていた。

わたしにはそんな腕はないが、祖母の古い算盤の使い方だけは教えてもらった。

足し算、引き算ならわたしでも十分使える。

「……なんだ、それは？」

「計算する道具です。それがあれば一日でなんとかなるかも」

「一日で？　ばかな」

算盤というものはこの世界にはまだないらしい。

ないものをすぐ作れと言っても無理だろう。

菱形《ひしがた》に削った珠に穴を開ける作業だけでも大変だ。

「でも、穴の開いた珠なら……あるじゃないの」

わたしは衣装部屋に行き、宝飾品を引っ張り出した。

真円ではない形の、二連の首飾りの宝玉を使えば、算盤ができるのではないだろうか。

「龍箔さん、この珠を使って、こういう道具を作れる職人はいませんか？」

「木枠を作って細い棒を縦に遠し、上の段に一つ、下の段に四つの珠を通すのですか」

「そう、ここに隙間を空けて……」

「お安い御用ですよ」

なんと、彼が自らわたしの書いた図面どおりに作ってくれた。一時間もかかっていない。

パチパチと算盤を弾いてみる。珠が菱形じゃないので少しやりにくいが、電卓を叩くくらいの速さで扱えそうだ。

「青冥様、行きますよ。どんどん読み上げてくだされば、わたしが足していきますから。龍箔さんはわたしが計算した数字を項目ごとにまとめてください」

半信半疑の秀王だったけれど、とにかくわたしの頼んだとおりに数字を読み上げた。

わたしの出した答えを二、三回、確認してもらい、計算が合っているとわかるとその後は順調に進んだ。

従者たちが資料を確認、分類し、秀王が読み上げる。

わたしが計算した答えを龍箔が記録し、書面を整える。

「青冥様、声がかすれてきちゃいましたね。どなたか他の人に代わってもらいましょう」

半日ぶっ通しで読み上げていたので無理もない。彼の声はハスキーな甘いボイスになってきて、耳には心地よいけれど。

「おまえが頑張っているのに俺が怠けるわけにはいかない」

彼はそう言って、まだ山高く積もっている書類に手を伸ばすのだった。

「小鈴、青冥様に葛湯《くずゆ》を持ってきて」

こうして秀王府総出で、徹夜で計算した。

わたしは前世の、決算前の焦りと高揚した気持ちを思い出す。

なんだか、すごく生きてる感じがする。

疲労の色はあるけれど、秀王の表情も輝いていた。

こうして夜明けまでに計算を終えた秀王は、非の打ちどころのない収支決算書を提出し、どうせだめだろうと高をくくっていた宰相の度肝を抜いたのだった。

秀王府の家臣たちが一団となって苦境を乗り切り、成功したことをみんなで喜んだ。

「王妃様、それはいったいどういう仕組みなのですか」

「なぜそんなに早く計算できるのですか」

家臣たちがこぞって尋ねてくる。

この機会にちゃんとした算盤を作り、秀王府の従者たち全員に教えることになった。

＊　＊　＊

その後も宰相による秀王への嫌がらせは続いた。

たとえば、官書発行を委ねられた場合、全部手で書き写さなければいけない。百枚なら一日、二百枚なら二日の期限が設けられることが多いが、宰相は三百枚を一日で、などと無茶ぶりをするのだ。

皇子なので遅れたからといって刑罰を受けることはないが、宰相は昔の噂どおりの、怠け者で女好きでろくに領土を収めていないダメ皇子っぷりを公《おおやけ》にしたいのだ。

秀王を見下し、評判を傷つけることが目的なので、そうなるとわたしは意地でも完遂して秀王に手柄を上げてほしくなる。

三百枚を一日で、という無茶ぶりには石版画を利用して間に合わせた。

皇太子妃の父であり、宰相でもある朱国公の嫌がらせは結局、逆効果となり、どんな難題を出しても必ずやり遂げてしまう秀王の評判を上げただけだった。

こうして辰州の経済活動を垣間見たり、官書に接したりしたわたしは、宮廷の掟《おきて》について少しでも学んでおこうと、後宮の規定書である「女範《にょはん》」を読み、また、誰がどの官職についていて、宮廷にどんな影響力を及ぼしているかを調べた。

いつまた難題を持ち掛けられてもいいように、人事を把握しておこうと思ったのだ。

実際、秀王府にはたくさんの貢ぎ物が届くようになった。

「これは……すごいな。おまえにも見事な反物や宝玉が届いている」

秀王がこれまでに目にしたことのない量の貢ぎ物に驚いているが、わたしの頭の中は、これにたいする処置や段取りを考えるのに忙しい。

「すぐに目録を作ってお礼状を出さないといけませんね」

わたしが硯《すずり》に水を入れて墨を擦ろうとすると、秀王は笑った。

「気が早いな。ひととおり愛《め》でてからでもいいだろう」

「お礼状はできる限り早く書くのが鉄則です。返礼品は何がいいでしょうか。数えたところ五十五の贈り物が届いています。平均して銀三両の品として、五十五人に送るとなると……百六十五両くらいかかりますかね」

「は？　返礼品ってなんだ」

「お返ししないんですか？」

「意味がわからないが」

前世では贈り物にお返しをすることもあるが、ここではそういう習慣はないらしい。

「っていうか、おまえ！　今、百六十五両と言ったか？」

秀王の食いつきどころがおかしい。

「はい。……高すぎますか？」

「そうじゃない、今日は算盤も使っていないじゃないか。おまえの計算の速さには驚く」

「一桁掛ける二桁の計算なら暗算でできますよ」

何気ない気持ちでそう言ったが、よく考えたら、前世でも日本人は計算が速いと言われていた。この世界で、ましてや女の身で算術を習うことはあまりないかもしれない。

秀王は不思議そうにこちらを見つめて言った。

「任家の教育はなかなかに優れているな。なのにあの妹はなぜあんなにバカなんだ」

それは仕方のないことなのよ。

「お礼状だけでいいのですね。読み上げてくだされば、わたしが書きます」

「また読み上げるのか！　あの徹夜の計算を思い出すと今も冷や汗が出るのだが……まあ、読むぞ。——李保羅《りほら》からは三彩の壺《つぼ》」

「侍中の李保羅様……三彩、壺――」

秀王が精力を持て余して武芸に励んでいる間に、わたしは宮中の人事について調べていたので、その名前は知っていた。六省のひとつ門下省のトップに位置する役職についている。

「李保羅を知っているのか?」

「はい。……いえ、面識はありませんが、名前だけは。中王様の手がけていらっしゃる学府を上奏なさった方ですよね」

「……驚いた。そんなことまで知っているのか」

わたしの社畜魂を侮ってはいけません、と言いたい。

「中王様寄りの李卿《りきょう》が関心を示されたということですから、青冥様の人気急上昇というところでしょう。青冥様、やりましたね!」

わたしがそう言うと、彼は照れたように微笑んだ。

「おまえに褒められるのがいちばん嬉しい。父上に褒められるよりな」

「そんな不敬なことを! ……え、陛下が褒めてくださったのですか?」

「だらしなかった俺が真面目になったものだから、いい妃を娶ったと」

わたしは秀王の顔をじっと見る。宰相から何度も難題を吹っ掛けられ、そのたびに陛下から褒められた秀王だが、ここ数日は宰相の嫌がらせも尽きたのか静かだったのだ。

自分の知らないところで秀王が活躍したと思うと、訊《き》かずにはいられない。

「そんな冗談じゃなくて、ちゃんと聞きたいですけど？」

「城壁の増強について尋ねられたから、城壁の工法について思うところを述べただけだ。辰州とこちらでは気候も土地も違うが、辰州の黄土は水攻めに遭うと土台から崩される。俺はそれに対抗して水にも強い城壁の組み方を考え、要所を煉瓦《れんが》で覆うことを提案した。石を切り出して使うよりは安価で早い。……それを父上に褒められただけだ」

「よかったですね！　青冥様」

「今までいくら援軍を頼んでも叶わなかったのは、俺が不真面目だと思われていたからだ。少しずつ改めていかねばな」

彼の評判が上がるのはわたしも嬉しい。一抹の不安はあるけれども。

皇帝陛下は秀王の優れたところを見直して、手元に置きたがるかもしれない。

「本当に喜んでいるか？　おまえは笑っていても、心底喜んでいるように見えない時がある」

「あ……その……」

そう、前世の悪い癖で、「出る杭《くい》は打たれる」精神が染みついているのだ。

活躍すると妬まれて、失敗した時に叩かれる。

「青冥様の実力が認められるのは嬉しいです。わざと下手にふるまったりするのは辛いですよね？　誰だって、大切な人が誤解されて軽んじられるより、正当に評価されて尊重されるほうがいいに決まってます」

「本当に?」

そう言った時の秀王の顔が少し赤らんでいた。

今の言葉のどこに照れる要素があったかしら。

「大切な人、ってところ、本当だな?」

「あ、そこ——? はい、青冥様はわたしの大切な人です」

「もっと言ってくれ。父上のお褒めの言葉より稀《まれ》なのだからな。おまえはつれない」

「そんな……」

「もう筆は置け」

彼はわたしの手から筆を取り上げ、わたしを抱き上げた。

「あっ、まだ全然記録してないのに」

じたばたしても、彼は離してくれない。たちまち薄い帳《とばり》の中に連れ込まれて、寝具の上に組み敷かれる。

「父上に褒められたら、嬉しいのは事実だが、全ておまえのためだ。俺は、おまえのためにだけ力を尽くす。おまえが軽んじられるならそうならないように、俺は高みを目指そうと思うが、どうだ?」

「青冥……様……」

わたしは彼の抱擁を受け入れ、わたし自身も彼を抱きしめた。

「わたしはずっと青冥様のお傍にいられれば、その場所はどこでもかまいません」

「雪花……?」

「青冥様、いくら陛下が褒めてくださっても、兄弟が仲違《なかたが》いをするようなことはお望みではないと思います。あなたもそれがわかっているから、これまで放埓なふりをしてきたんですよね?」

「そりゃあ……その時は俺は独り身で、人からなんと思われてもどうでもよかったから」

「わたしも、どう思われてもいいのでお構いなく。ご自分でそうありたいと望むならいいけれど、わたしのために無理をするのはやめてください」

「おまえは田舎の王妃のままでいいというのか?」

「彩都を中心に考えれば田舎でしょうが、辰州を栄えさせて、他国から憧れられるような町にすればいいのではないでしょうか」

「おまえは……師父のようなことを言う。あるいは千年も生きた仙人のような」

「それは誉《ほ》め言葉ですか?　あまり嬉しくないような……」

「俺の表現は下手だろうが、どんな時だっておまえを誉めている」

「じゃあ、そのように受け取っておきます。ならば、一年かけて整えたという、青冥様の作ったお城ってどんなお城なのでしょうか、見たいです。そこにわたしを迎えてくださるつもりだったんでしょう?　お城を放っておいていいんですか?」

わたしが追及すると、秀王は弱りはてた顔をした。

「……う……放ってあるわけではない。俺の分身が仕切っている」

「分身？」

「そうだ。龍箔のように仕事のできるやつが、俺に成り代わってあちらを差配し、接待もするが、一難あってな。女癖が悪い」

「え、……と、いうことは？」

「俺の妙な噂はそいつの言動によるものだが、そのままにしていた。姿形は似ているが、気質は違うんだ」

その時、秀王は「あ、そうだ」と言って書斎へ行くと、巻物のようなものを持って戻ってきた。

「辰州の城だ。彩都の皇城に比べたら小さなものだが、全体像はこれでわかるだろう」

筆で描かれた細密画を見ながら、わたしはその景色を思い浮かべた。

「荒れてなんていないじゃないですか」

「そりゃあ、兄上を安心させるための嘘だ」

安心というより、油断させるための、と言ったほうがいいかもしれない。

「機密情報だぞ。おまえがどうしても見たがるから」

絵だからというのもあるが、街並みは整っているように思う。

少なくとも野盗が跋扈《ばっこ》するような荒地には見えない。

そこで秀王と、世継ぎ問題に煩わされることなく平和に暮らせたらいいのに。

しかし、ふと物足りないものを感じてわたしは言った。

「でも、銃眼《じゅうがん》がありませんね」

「……なんだ、それは?」

前世の知識でしかないが、西洋の城には中世のものでも銃眼があって、敵から身を隠しながら攻撃できる構造になっていた。彩都の皇城にも、秀王の見せた辰州の城にもまだそういう機能はないようだ。

「だから、こう……城壁のてっぺんをギザギザにして、味方の兵士は壁に身を隠しながら、この隙間から敵に対して矢を射ればこちらの負傷者は減ります」

「おま……、どこでそんなことを?」

「そんなのがあったらいいなあと思っただけ……素人考えなのでお気になさらず」

わたしはそう言って誤魔化《ごまか》したが、秀王はその絵図を眺めてしばらく考え込んでいた。

「城壁はいずれはあと五尺は高くしなくてはならないと思っていた。そこにおまえの案を入れてみるか——」

自分の意思だけではどうにもできない皇城よりも、思うままにできる辰州の城の増強計画へと、秀王の関心が寄せられているのを見て、わたしは嬉しかった。

春燕が皇太子妃の侍女として入宮したのはそんな折だった。

＊　＊　＊

わたしは、龍箔経由で、秀王からそのことを知らされた。

皇太子の側室の侍女ではなく、皇太子妃の侍女。

原作とはそこだけが違っていたが、朱麗林と春燕とは最悪の組み合わせだ。

春燕はあることないことわたしの悪口を吹き込み、朱麗林がわたしを憎むように仕向けるに違いない。

その知らせは、まさに死刑宣告のようにわたしを打ちのめした。

原作で命取りになった、皇太子の師父轢き殺し事件は回避した。

最初、わたしはそれで全てうまくいくと思っていた。

だが、宮廷には冤罪のネタなんていくらでもあるのだ。

春燕が麗林にまた恐ろしい嘘を吹き込んだら――。

わたしは身震いした。

運命はどうしてもわたしを宮廷に引き留め、毒杯を飲ませたいのか。

「雪花、どうした。顔色が悪い」

彼はよく見ている。

だが、わたしの懸念を言ったところで、妄想の激しい女と思うだけだろう。

「なんでもありません。妹は仇敵ともいえる朱家の息のかかったところで苦労するのではないかと心配しているだけです」

そんなふうに言ってみたところで、秀王の目を誤魔化すことはできない。

「俺の前で嘘も強がりも言うな。なぜ春燕はわざわざ太子妃の侍女に志願したと思う？」

「父は娘を二人とも宮廷に送りたかったので、太子妃の侍女にしたのでしょう」

後宮にいれば皇帝陛下や皇太子の側室になるチャンスがゼロではない。

「妹が苦労するから、そんな浮かぬ顔をしているのか？　違うだろう」

秀王はなんの言い逃れも許してくれそうもない。

「……青冥様は、春燕とわたしの関係をわかってますよね」

龍箔に見張らせていたというなら、第二母や春燕が雪花にしてきたことはことごとく彼に伝わっているはずだ。

「ああ、どうしてほしい？　消すか？　――龍箔」

秀王が振り向いてそう言うと、龍箔が小さく身じろぎした。すぐにも執行しそうな気配にわたしはぎょっとした。

ます」

「待って」

消すなんて——軽い口調で怖いことを言う。それが冗談に聞こえない。

「だめです、そんなことをしては！　確かに春燕とわたしの関係はよくありません。でも、人の命は尊いんです。人を罰する時には行いの善《よ》し悪《あ》しを判断して、定めた規律のもとに、公正に裁かれるべきであり、気まぐれや好き嫌いで決めるような世の中であってはならないと思います」

つい声を大にして言ってしまった。

人の命は尊い。だからこそ、わたしも死にたくないし、皇太子の師父の命も助けた。自分が助かるために人を殺すのは違う。

だが、春燕がわたしを陥れるためには何をするかわからないから怖いのは事実だ。

秀王も龍箔も驚いた顔をして黙っていた。

こちらの世界ではこんな考え方は変なのかもしれない。

「生意気を言ってごめんなさい」

自分の考えを曲げる気はないが、ズケズケ言ってしまったことを謝る。

秀王は腕組みしていたかと思うと、こう言った。

「まさに、律と令によって人を裁くということだな。龍箔、どう思う？」

「は……そのような考え方は、並の女人ではないと思います」

ひっ、それはどういう……？

秀王は龍箔の返事に頷き、真剣な目をこちらに向けた。

「おまえは将来、一国を背負う者として申し分のない見事な心映えと覚悟があると見た。俺もそれに見合う男にならねばと思う」

「えっ、……そんな大げさなことは言ってませんけど？」

だが、秀王の顔つきはなんだか今までと違う。面構えがよくなった、とでもいおうか。

整って涼し気な美青年という印象はそのままだが、表情に正義感とか責任感とか、貫禄《かんろく》のようなものが加わっている。

「とにかく、おまえの不安の種はなんとかしよう。案ずるな、殺したりはしない」


その数日後、わたしは朱麗林から後宮に招かれた。

後宮の中にはいくつかの殿舎があり、皇太子妃はその中のひとつ、若汐殿《わかしおでん》に住んでいる。

若汐殿に一歩踏み入れたとたん、女官たちの冷たい視線を感じた。

春燕によって雪花の悪い噂が広まっているのかもしれない。

麗林はいつものように艶《あで》やかな笑顔を見せて言った。

「今朝はお菓子を贈ってくださってありがとう。それで、あなたもたまには妹さんに会いたいでしょう？　時々こうして姉妹でお茶をしたらいいと思ってお呼びしました」

わたしは麗林に茶菓子を贈った覚えはない。

原作でさまざまな濡《ぬ》れ衣《ぎぬ》を着せられた教訓から、宮廷に食べ物や、肌に直接触れる衣類などは贈らないと決めていたのだ。食べ物は途中で毒を入れられるし、衣類にも毒を沁《し》み込ませて害を為す可能性がある。

「珍しいお菓子を嬉しいわ」

と、麗林は言った。

既にわたしの悪口も吹き込んでいるだろうし、わたしが贈らなくても春燕がわたしの名前で危険なものを送り付けることができるのだ。

やがて、春燕が呼ばれてやってきた。

侍女の小鈴はわたしの後ろに立っていた。女主人たちが何時間話し込もうと、侍女はみなそうして待っているのだ。

わたしは小鈴と視線を交わす。

お茶とお菓子が運ばれてきた。

春燕の前にも色鮮やかな菓子が置かれた。

「父が鵬州《ほうしゅう》から取り寄せたお茶です。どうぞ、あなたも」

麗林が春燕にも菓子と茶を勧めると、春燕はごくりと喉を鳴らした。

美味しそうだから、ではないだろう。

自分で何をしたかわかっているからだ。

わたしは仲の良い姉妹を装って言った。

「春燕、元気そうで安心したわ。こちらでよくしていただいているのね。さあ、お言葉に甘えていただきましょうね」

わたしはそっと茶菓子を自分の口元に運び、ふと手を止めた。

「春燕、どうしたの？　あなたもお食べなさい」

「いえ、もったいのうございます」

春燕はがらにもなく慎ましい様子で俯《うつむ》いた。その顔は青ざめている。

麗林はふふふと笑って言う。

「まあ、おくゆかしくてかわいらしい妹さんね。どうぞ、お姉さんと一緒に」

春燕の額から汗が噴き出ていた。お茶の席に自分が呼ばれるとは思ってもいなかったのだろう。わたしは彼女の汗を手巾で拭い、妹思いな姉を演じた。

「緊張しているのね、春燕。でも、遠慮しすぎるのはかえって失礼なのよ。さあ、……わたしが食べさせてあげるわ」

そして妹の顎を掴んでお菓子を彼女の口に近づける。

「ひっ、……やめてっ」

春燕がわたしを突き飛ばそうと足掻いたが、それも想定内だ。

「まあ、無礼よ。そんな態度は」

わたしはその口に菓子を無理やり詰め込み、嚥下《えんげ》するまで手を離さずにいた。

「ぐはっ……な、なにをするのっ」

春燕は蒼白《そうはく》になり、わたしを鬼のような形相で睨んだ。

「ひどい汗……。あ、鼻から血が出てる」

わたしがそう言って彼女の顔を拭おうとすると、春燕は悲鳴を上げた。

「ひぃっ、助けて！　殺される！　誰か、助けてえっ」

とうとう春燕は本性を現した。

暴れたはずみに春燕の茶几《ちゃき》がひっくり返り、めちゃめちゃになってしまった。

辺りは静まり、侍女や女官たちが凍りついたように春燕を見つめていた。

「あ……血じゃなくて、梅の花模様だったわ。見間違えました」

わたしは手巾を広げて、赤い梅の刺繍を見せた。

そしてわたしはおもむろに自分の几《つくえ》に向き直り、お菓子を口に入れる。

ゆっくりと味わい、お茶を飲み、わたしは言った。

「とても美味しいのに。春燕はおかしな子ね」

わたしが菓子を食べて平然としているのを、春燕は幽霊でも見るような目つきで凝視していた。そして彼女は我に返ると、周囲をおろおろと見渡す。

麗林の冷たい眼差し、そして彼女の侍女たちの軽蔑したような表情。

それらに包まれて、彼女は何を思っただろうか。

「春燕、騒がせたことをお謝りなさい」とわたしが言う。

「も、……申し訳ありません」

春燕はひれ伏して謝った。

「さっき、なんと言いましたか？」

麗林が春燕に言った。

「殺される、と聞こえましたが」

「えっと……それは……お姉様に無理やり口にお菓子を突っ込まれた、から……」

春燕はしどろもどろの言い訳をした。

「麗林様、妹が不躾《ぶしつけ》な行いをして、申し訳ございませんでした。まだ、このようにがさつな妹でございますので、こちらでのお勤めは全うできないかと思います」

わたしがそう言うと、春燕の顔が歪んだ。焦りと怒りの現れだろう。

麗林が言う。

「そのようですね。こんなに繊細では難しいでしょうねえ。掖庭《えきてい》に移しましょう」

「そんなっ、皇太子妃様、ご容赦ください！　お願いです。お許しください！」

春燕は足掻いた。救いを求めるようにこちらを見た。

「麗林様、恩情をありがとうございます」

わたしはそう言って彼女に深くお辞儀をした。

それから、女官たちに連れ去られていく春燕に言った。

「わたしを騙《かた》って勝手に食べ物を太子妃殿下に送るなんて、絶対に許されないことよ。下手をしたら死罪どころか、任家が全ておしまいになるの。……あなたはもう二度と、掖庭から出させない」

掖庭とは、宮女の中でも、何か罪を犯した女官たちが追いやられる最低の部署である。よほどのことがない限り、そこから出られることはない。

春燕に陥れられる前に彼女を封じて、その間にこちらが宮廷から遠ざかるまでの時間稼ぎだ。

「妹の不躾をお許しください。寛大な処遇をいただき、ありがとうございました」

麗林と二人になって、改めてわたしは茶の席を騒がせたことを詫びた。

「あらかじめ、あなたから食品を贈ることはないとお手紙をいただいたから。もともと、任家のお嬢さんが仇敵のはずのわたしの侍女になりたいなんて言うのも変だから、どう扱っていいものか困っていたの。断れば断ったで火種になるかもしれないし……あなたのためにもこれでよかったでしょう」

「わたしを信じてくださりありがとうございました。妹はいろいろとよくない噂を流していたでしょうに」

「花見の宴の時にあなたに会っていなければ、悪い噂のほうを信じたかもしれない。けれど、姉の悪口を言いふらすような侍女は置きたくなかったからちょうどよかったわ。……あなたも苦労するわね。でもこれで、借りを返せたかしら」

麗林は、そう言ってはふと目を伏せて、しばらく考えこんだ。

「麗林さん？」

わたしが呼びかけると、彼女は切なげな表情でこちらを見た。

「いいえ……まだ返せていない。私は知っているの、陛下に賜った茶碗のことを。あれを割ったのは――」

わたしはシッとそれを制して辺りを見回した。

麗林は知っていたのだ。皇太子が秀王に罪をなすりつけたことを。

「そんなことは誰にもおっしゃってはいけません」

わたしはそう念を押して若汐殿を出た。


秀王府に戻り、庭の池のほとりにたたずんでいると、秀王がそっと抱きしめてきた。

「あれでよかったのか？　掖庭送りだけとは甘いような気もするが」

若汐殿で起こったことは龍箔伝手《つて》に周知のようだ。

「はい。掖庭ならどんなにわたしの悪口を言いふらしても影響はないでしょう」

「俺が許せないんだがな。おまえを悪く言う舌など斬ってやりたい」

「ダメです！　そんな残酷なこと！」

これだから、原作のことなど秀王には言えない。

「おまえは温《ぬる》いな。そんなことを言っていていいのか？」

憤った顔で、彼は「龍箔」と呼ぶ。

今回の春燕の企みを知らせてくれたのは龍箔だ。

彼に頼んで、春燕を監視してもらっていたのだ。妹がわたしの名を騙って麗林に何かを贈った時には、その品に細工がされていないか確認しなくてはいけないから。

「菓子をすり替えたこと、よくやった。春燕が送ったほうのお菓子には何が入っていたか雪花に説明してやれ」

龍箔は頷くと言った。

「実際に仕込まれていたのは死に至るような毒ではありませんでしたが、麗林殿の口に入ればその場で嘔吐《おうと》や下痢を引き起こし、間違いなく奥様が疑われることになったでしょう」

しかし、いざ自分の口に入れられると拒絶するなんて、愚かすぎる。死ぬような毒でなければ黙って食べて自分も被害者面すればいいのだ。

鼻から血が出てるなんてわたしが鎌をかけたから、自分で使ったのは猛毒だったと思い込んだらしい。もちろん、毒入りの菓子は龍箔がすり替えて、わたしが無害であることを証明しておいたのだが。

「とんでもない妹だわ。本当のことが知れたら青冥様にまで疑いがかかってしまったかもしれない。第二母様はそこまで命じていないと思うけれど……」

そう思うと、身震いした。

しかし、龍箔の読みはもっと深かった。

「はい、任夫人の命令ではないでしょう。むしろ――」

「むしろ……何？」

「申王妃、もしくは申王殿下が怪しいかと。前日に申王妃の侍女と春燕が接触しているのを見ました」

「えっ」

申王は、皇帝の側室から生まれた第三皇子で、その妃は麗林の従姉だ。

「このところ、皇帝陛下の覚えめでたい秀王殿下に、申王が危機感を持ったとしても不思議ではありません。春燕殿は利用されたのです」

そんなことは思いもしなかった。驚いて足が震えてきた。

「雪花」

知らず知らずのうちに秀王に寄りかかっていたわたしをしっかりと抱き寄せて、彼は言った。

「だから、おまえを苦しめる者に鉄槌《てっつい》を下すのは無論だが、これはおまえと春燕の姉妹喧嘩に留まる話でもないのだ。この先、俺がもしおまえの家族に冷徹なことをしたとしても、耐えてくれ。おまえだけは絶対に守るから」

甘かった。やはり宮廷は恐ろしいところだ。

でも、もともと任家の親たちに情を感じてはいない。わたしは、ただ、秀王を信じていけばいいのだと思った。

数日後、第二母が押しかけてきて、春燕を麗林付きの女官に戻すか、それが無理なら家に帰らせろと言ってきたが、わたしにはそんな権限はない。

そして春燕のやったことがいかに罪深いか、命があるだけでもありがたいのだと説き伏せた。

第二母は、「この薄情者、極悪人」とわたしを罵って帰った。


とりもなおさず、皇太子妃とわたしの関係は良好な状態がしばらく続いたが、そんな時に、皇太子の落馬事故が起こったのだった。

第六章

狩りをしている時に皇太子殿下が落馬して、足を骨折した。

幸い、命に別状はない。

その狩りに秀王は参加していなかったので、当日どういう経緯でその事故が起こったのかはわからない。

ともかく、前世の世界観から見れば、数か月もすれば完治し、リハビリ次第で政務に影響がないくらいに回復するような怪我だ。

が、しかし。

こちらの世界の医療技術では、骨折を完全に修復するのは不可能であり、なんとか歩行はできても走ることは難しくなる。

完璧を求められる支配者にとっては権力喪失に直結するものだったのである。

皇太子は自分は頑健であるということを示すため、まだ怪我が癒えていないうちから無理を押して、杖をついて朝議に現れたが、その姿を見せたことにより、かえって重臣たちに動揺が広がった。

皇帝陛下の顔も青ざめていたという。

「無理をせず、しっかりと体を癒すがよい」

心からの言葉だっただろうが、皇太子は父からそう言われた時、見放されたと思ったに違いない。それからの皇太子は、酒浸りになって従者にも当たり散らした。

わたしは麗林が心配になって後宮に彼女を見舞いに行った。

小鈴を連れて歩いて行くと、庭には瓢箪《ひょうたん》形の池があり、蓮花灯が浮かんでいた。

おそらく、麗林が皇太子快癒の願いを書いて浮かべたものだろう。

彼女は痩せてしまい、顔色も悪かった。

「あなたはもうここに来ないほうがいいわ」

麗林はそう言った。

「どうしてですか？　麗林さん、大丈夫ですか？」

皇太子妃選びの時に芽生えたと思った友情は、もう壊れていたのかもしれない。

彼女は、強張った顔で言った。

「太子を追い詰めたのは、秀王様だからよ」

「えっ」

「少なくとも、太子はそう思っていらっしゃるし、酔った時に口に出して言われたの。自分の地位を狙ってきた弟に負けまいとするあまり、無理を重ねて起きた事故だと」

「そんな……！」

想像できたことではある。

あくどい人間なら、さらに馬の鞍《くら》に細工がしてあったとか、それは秀王の仕業だとか言いかねない。

精神的に追い詰めただけというなら、まだ生やさしいものだ。こういう状況も予想して、皇太子のご機嫌伺いの付け届けも、装束や馬具のように身につけるようなものや危険を伴うもの、そしてダイレクトに毒を仕込むことのできる食べ物は贈らないようにしていた。

こちらにその気がなくても、途中で細工される可能性がある。

宮廷内の陰謀に巻き込まれる隙を作らないことが大事なのだ。

「陛下から賜った美しい袍を覚えているわね？　あれを競って、秀王様は太子の射た矢の上から的中したわ。その矢をご自分の身と重ねて不吉に考えていらっしゃる」

「あれは偶然です！　まぐれ当たりです」

「太子の矢を真っ二つに裂いて、ご自身の矢を中心に当てたあの日のことは、その場では笑い飛ばしても、誰もが忘れていないでしょう。今回の事故で、朱家と任家の立場も逆転するかもしれない。そんな不穏な時期に、あなたがここに来てもいいことはないわ」

「逆転なんて……、中王妃だって朱家のお嬢様ですよ」

これまでなら、皇太子の座を争う者として第二皇子の名前はほとんど出てこなかったのだ。

秀王は辰州に半ば追放され、忘れ去られていた放蕩の皇子だったから。

「でも、中王は皇后ではなく貴妃のお子。今となってはその違いがどれほど重いか……それに、このところ太子のお渡りも遠のいているの。侍女たちはほかの佳人のところへお渡りなのではと言っているわ」

彼女の表情や態度が原作の雪花のそれに似てきたような気がする。

麗林は今、皇太子妃という立場の危うさと、太子の寵愛を失うのではないかという恐怖でがんじがらめになっているのだ。

「麗林さん、深呼吸してみて」

「え？」

「呼吸よ。深く息を吸って、吐いて――」

麗林は疑わし気な目をしながらも、わたしの言うとおりにした。

ストレスを溜めると悪いほうへ、悪いほうへと考えてしまうので、予防策だ。

「気鬱に効くので時々やってみてください。そして、ありもしないことや、真偽のわからないものを信じないこと。皇太子殿下はあなたを愛していらっしゃいます。今はご自分の御身が思

い通りにならない苦しさで、あなたへの愛情を表す余裕がないかもしれませんが、あなたを頼りにしていらっしゃいます」

わたしが見てきたように断言すると、麗林の表情が少し明るくなった。

「では、私は太子のために何ができるでしょう?」

「滋養のある食事を用意して、いらないとおっしゃるならすぐにお下げする。その繰り返しです。無理強いせず、でもいつでも見守っているというスタンスを貫いてください。距離感が大事です」

「距離、感……」

「そして、侍女が憶測でものを言っても信じないようにし、流言に惑わされないこと。皇太子殿下が麗林さんを愛していらっしゃることはわたしが保証しますので」

「どうして、そんなにきっぱりと言えるの?」

麗林が身を乗り出してきた。ここはわたしのプレゼン力が試されるところだ。

彼女の疑惑を取り除き、ストレスを解消し、穏やかな気持ちで皇太子を支えるようにもっていくためには、原作の雪花のような失敗を犯さないように導かなくてはいけない。

「実は、花見の宴の時、麗林さんに衣をお貸しした手前、何か不備があってはいけないと思い、物陰から舞踊を見ていました。その時、殿下は他の舞踊には一瞥しただけでお酒を召し上がっておられましたが、麗林さんの舞踊だけは終始食い入るように見つめておられました」

「そ……そう?」

「青冥様がわたしに求婚した時も、皇太子殿下は笑ってお許しになりました。それは、お心の中で、妃は麗林さんとすっかり決まっていたからにほかなりません」

「それも……そうね。でも、殿方の心はいつ変わるかわからないわ。今は全く私のことなど無関心で、時には疎ましいようなお顔をされます」

——原作では側室だった麗林さんをあんなに寵愛していたのに、太子ってば!

「今度のことで廃位されたら……そして秀王様が立太子なされたら、あなたが皇太子妃になるのね。あの日、衣を借りなかったらあなたが——だから、もともとそういう運命だったのかもしれない」

麗林のその言葉に、わたしはぞっとした。

「考えすぎですよ!　そんなことにはなりません。青冥様には辰州を治めるという責務がありますし、わたしはどこへ行こうとも彼についていきます。わたしは彼を愛していますから」

「私だって太子をお慕いしているわ、でも……」

わたしは原作の雪花の教訓として言った。

「皇太子殿下の愛情に執着すると逆効果ですよ。麗林さんは将来皇后様のお仕事も引き継ぐお立場です。そして朱家の権勢も握っていらっしゃる。あなたの存在意義は決して皇太子殿下おひとりにあるのではありません。そして女であるわたしたちも、殿方に生かされるのではなく、自分のために生きてしかるべきではありませんか？　どうか、そのことをお忘れなきよう」

老婆心でつい偉そうなことを言ってしまったが、麗林ははっと顔を上げた。

「自分のために……」

こうして麗林の警戒心を取り除くために、そして彼女が原作の雪花のような末路をたどらないために、わたしはできるだけのことはした。

「それでは、そろそろお暇致しますね」

最後のほうは、名残惜し気に引き留めようとすらしてくれた麗林だった。

わたしは若汐殿を出たが、その時、宮女が泣いているところに出くわした。

「助けてください！　命だけはどうか！」

数人の女官に引っ立てられて、泣き叫んでいるところを見ると、何か失敗をして罰せられるところだろう。

「参りましょう」

小鈴が声をひそめてそう言ったが、わたしは気になって立ち止まってしまった。

「秀王妃娘娘《にゃんにゃん》、お目汚しをしてしまい、失礼致しました」

宮女は連れ去られ、女官がひとりだけ残ってわたしに挨拶をした。

彼女は尚儀局《しょうぎきょく》の司制《しせい》であり、彼女の気分次第で下級女官の命運が変わることもある。

関わらないほうがいい、関わるなとわたしの心の声が言っているが、目の前で連れ去られたあの娘の必死に救いを求める顔がちらついて離れない。

「雨萱《うかん》司制、どうかしたのですか？」

後宮の人事情報は、高位の女官については全て入力済みである。名前を呼ばれることで、その人は相手の話を真剣に聞こうという気持ちになるというセオリーどおりに話しかけてみた。

司制ははっとした顔をし、それから丁寧な口調で答えた。

「あの者は、尚服局の女官の陳采女《ちんさいじょ》と申す者ですが、皇后陛下のお召し物の刺繍のことで不敬を働いたのでございます。当然の罰ですゆえ、お気になさいませんよう」

「不敬……」

「先日太子妃殿下に送られた鳳凰の絵柄とそっくりで、しかも尾羽の数がそれよりも少なかったのです。皇后陛下を軽んじることになりますので厳しく罰します」

厳しく罰する、という言い方が恐ろしかった。あの女官は処刑されてしまうかもしれない。

「あの……僭越《せんえつ》ながら」

と、わたしは言った。

「司制に金糸を百束贈ります。それで尾羽を増やすことができますでしょう」

尾羽数本にそんなに金糸を使うはずがないので、残りは彼女への賄賂みたいなものだ。

こんなことをしたところで、あの女官が助かるかどうかはわからないが、司制が深読みをして手心を加えてくれるかもしれない。

「……陳采女とご縁でも？」

雨萱司制は怪訝な顔をして尋ねた。

「いいえ。……ただ、あの女官と同じ年頃の妹がおりますので、ふと妹を思い出して」

実際はあの憎たらしい妹なんかに似てはいないが、言い訳としては通じるものだ。これで突っぱねられたらもう諦めるしかない。

そう思った時、雨萱はこう言った。

「おやさしい王妃様。皇后陛下への素晴らしい孝行となりますでしょう」

後日、わたしは約束どおりに金糸百束を後宮の雨萱司制に贈った。

＊　＊　＊

皇太子の落馬事故から半月後、秀王府に異変が起こった。

その日、秀王の屋敷を鎧《よろい》をつけた兵たちが取り囲んだ。

「何事だ」

秀王が出ていくと、彼らは秀王を捕縛したのだ。

「皇帝陛下のご命令です」

「太子殿下の落馬事故について事情を伺います」

鬱憤《うっぷん》なのか、それとも申王にそそのかされたのか、皇太子はこの落馬事故には秀王が関わっていると陛下に訴えたらしい。

事故から半月ばかり経《た》って、皇太子の乗っていた馬の鞍の裏側に、馬を狂暴にさせる薬物が仕込んであったことがわかった、というのだ。

指紋検証もないこの世界、冤罪をでっちあげるのは簡単だ。

秀王があの場にいなかったことがかえって怪しいと。

皇太子が訴え、申王が「そういえば……前日、秀王府の奴婢を厩《うまや》で見かけた者がおります」と言っただけで、ほぼ確定となってしまう。とんでもない世界だ。

「青冥様！」

「雪花、心配するな。俺は大丈夫だから。龍箔に頼れ」

彼はそう言い残して連行されてしまった。

「青冥様は無実です！」

と、妃のわたしが言ったところで誰も耳を貸す者はいない。

皇帝陛下が一言そうだと言えばそうなるのだ。

陛下は兄弟で足を引っ張り合うことをひどく嫌って、秀王を牢獄《ろうごく》に入れてしまった。

いつまで投獄されるのか、これからどうなるのかもわからない。

原作ではほとんど存在感を示さなかった秀王の末路はどうだったか。

雪花の死後、麗林を正妃とした皇太子が実権を握ったものの、その治世はうまくいかず、まもなく滅びてしまう。国が滅びたなら、秀王も無事ではないだろう。

——わたしだけでなく、秀王も、早く辰州に行くべきだったんだわ。

「龍箔さん、どうしよう？　まさか、陛下は青冥様を処刑なさったりしませんよね」

「それは、なんとも——」

嘘でもいいから、それはないと言ってほしかった。

原作の結末を回避しようとして、わたしはいろいろと原作にないことをしてしまった。

そもそも秀王が陛下の歓心を買うこともなかった。辰州でやさぐれていればよかったのかもしれない。

わたしは自分が助かりたいばっかりに、秀王をその身代わりにしてしまったのかもしれない。

運命というやつはしつこいのだ。

「彼をどうしたら助けられるの？　わたしに何ができる？」

今も一刻を争っているのではないかと思うと、胸がつぶれそうだ。

龍箔は冷静な表情で少し考え、こう言った。

「願いが聞き入れられるかどうかは別として、陛下に謁見を求める方法はあります」

「それは、どんな手続きが必要ですか？」

わたしは、その午後、龍箔から教わった方法を決行することにした。

皇帝陛下が執務をしている太閤殿《たいこうでん》の前で臨幸《りんこう》を乞うのだ。

石畳の上に膝を突き、体はしっかりと起こしたまま長時間、下手をすると数日間、許しを乞うことになる。

わたしは膝サポーターのような綿入れの足環を作って膝を保護し、長期戦に備えた。

数億の商談が自分のミスでふいになりそうな時、もしもこんなことで帳消しになるのなら喜んでやっただろう。わたしの社畜魂よ。

こちらの世界のひ弱な姫君たちはこうしたハンストで息も絶え絶えになり、許された後は寝込んでしまうが、わたしはいろいろな問題に備えておいた。

長い衣に隠して、人目の少ない時に足首を動かしてエコノミー症候群を回避しながら、わたしは太閤殿前の石畳の上で陛下への拝謁の許しを願った。

通り過ぎる宦官たちの冷たい視線を華麗にスルーし、飲食もせず、長い時間、陛下に何をどう言うべきかを考えていた。

秀王の無実の罪を晴らし、彼を取り戻す方法を。

まだ日の高いうちに、ひとりだけわたしに飲み水を差し入れてくれた女官がいた。

「あなたは……確か、陳采女？」

「そうです。以前、助けていただいた者です」

「ありがとう。もう行きなさい」

「はい、失礼します」

長話は禁物だ。彼女はすぐに立ち去った。

あの采女は尚服局の女官だ。わたしが麗林を見舞った帰りに、雨萱司制に罰せられるところに通りかかって助けた。

賄賂のような、金糸百束の付け届けの意味が伝わったようで、半殺しのような重い刑罰は受けなかったのだろう。脱水症状になる前に水分補給ができてよかった。厳しい状況の中でも、少しだけ心が温まった。

侮蔑や同情の眼差しよりも、こうして行動に表わしてくれる人物がいることに救われた思いだ。ひとりじゃないという気がする
夜になると、闇に紛れて龍箔が現れた。

「これを羽織ってください」

彼はそう言って、秀王の袍をわたしの背中に掛けてくれた。

「青冥様はどんな様子なのかしら……」

「牢獄ですから、快適とは言えないでしょうが、殿下は野営に慣れておられるくらいですから。拷問もまだ行われていないのでご安心ください」

「まだ？」

ということはいずれ行われるということ？

「拷問に遭ったとしても秀王殿下が折れることはありませんが、口封じはしようとする輩《やから》がいるかもしれません」

「そんな……！」

「食事に毒を盛るかもしれませんが、殿下はそんなものは食べませんし、案ずることはありませんよ」

聞けば聞くほど不安になってくる。

「も、もういいわ。行って。人に見つかるとよくないから」

わたしは龍箔を下がらせ、また拝謁のポーズを取った。

うとうとしながらも何度も姿勢を直し、長い夜を過ごした。

＊　＊　＊

「王妃、陛下がお会いになるそうです」

ほぼ一昼夜粘って、わたしは朝堂に通された。

朝堂とは、皇帝陛下を中心に高位の臣下、高官が集まって会議をする場所である。

数十人の宦官や、高官たちが両脇にずらりと並んでいる中、わたしは罪人のように禁軍兵士に囲まれた状態で、進み出た。

右側には父もおり、その顔にも疲労の色が見える。

秀王が投獄されたのであれば、皇太子妃と申王妃を輩出した朱家の権威はいや増して、対立する任家、つまり雪花の父はいくら高官であっても肩身は狭いだろう。

わたしは父をちらっと見てすぐに視線を反らした。

アイコンタクトを何かの暗号と受け止められてはいけない。

寝不足だし、足も痛いし、疲労と不安でふらふらだったが、これからが大切なのだ。

陛下は誰が見てもそれとわかる黄色い衣をまとっている。それは他の皇族にも貴族にも絶対許されない色だ。

体格も立派で、顔立ちは秀王に似ているが、口ひげを蓄えている。

「皇帝陛下、拝謁致します」

わたしは最高の礼の姿勢を取った。

「王妃よ、そなたは秀王の命乞いに参ったのか」

「わたしは秀王殿下の無実を証明するために参りました」

すると、陛下の隣に杖をついて立っていた太子と、左の列にいた申王がぴくりと身じろぎをした。その目は鋭く、邪《よこしま》な色をしている。

無礼だぞ、と言ったのは朱家側の官人だろう。

陛下は眉を開いて言った。

「ほほう、どうやって証明するのだ?」

「それを証明するためには、秀王殿下が有罪とみなされた理由と証拠を教えていただきたいのです。秀王殿下が投獄されたのは、皇太子殿下の馬の鞍に細工をした過度で、と聞いておりますが、それはいつどのようにして、何の細工が行われたかを問います」

「太子の馬の鞍の裏に毒草が摺《す》りこまれていたのは事実だ。そして狩りの前日に、厩に近づいた者を全員尋問したところ、秀王に命じられたと白状したのだ」

「その者を連れてきて、ここで尋問させてください。拷問の跡があれば、それは公正な裁きとは申せません」

「陛下、この女は不敬罪ですぞ」

朱家側の列の太監が言い、宰相(朱麗林の父)は黙っていた。

「反逆罪です! その女に厳罰を」

朱家の列から野次や怒号が飛び始めた。

こういう時は、大声を出しても無駄なので、ひとしきり騒がせておき、収まった頃にわたしは言った。

「陛下のお子である秀王殿下の濡れ衣を晴らそうとしているわたしが、なぜ陛下への反逆罪を問われるのでしょうか? 陛下はわたしにどうやって証明するのだとお尋ねになりましたので、わたしは答えるお許しをいただいてこのように口を利いておりますが、今の方々の発言は陛下の許可を得ていません」

「なっ、何を言う」と太監が気色ばんだのを、陛下が手で制した。

「王妃の言うことにも理がある。続けよ」

陛下に促され、今度はなんの野次も邪魔もなく話せる。

「拷問による自白かそうでないかは、本人と話せばわかることでございます。本当にやったのであれば、犯人にしかわかりえないことも矛盾なく答えることができますが、自白を強要されたのであればそれはできません」

「しかし、犯人でありながら知らぬふりをすることもできる」

「論理的に追求すれば嘘は必ず見破れます。どうか、その犯人をここに」

わたしが懇願すると、皇帝陛下は太監を呼び寄せたが、その太監に何か耳打ちされた陛下の顔が強張った。

「なにっ、死んだと？」

——ああ、やっぱり。

「はい、さきほど獄中で舌を噛んで自死しました」

ざわざわと朝堂に喧噪が広がる。

——自死なんてきっと嘘だ。唯一の証人が消されてしまった。

任家側の重臣たちは青ざめ、朱家側の、とりわけ宰相は薄ら笑いを浮かべている。

人ひとりが命を落としたというのに、ひどい話だ。

「ごらんください、宰相は笑っておられます。何がおかしいのですか」

わたしはその笑顔が消えないうちに訴えた。

「言いがかりです。私は笑ってなどおりませぬ」

宰相は慌てて顔を引き締めて言ったが、他の重臣たちの緩んだ雰囲気は隠しようがない。

「皇帝陛下は日頃、兄弟が手を携え、助け合うことを願っておられましたが、このような事態になって喜ぶ人々は、果たして同じ思いで皇家の繁栄を願っていると申せましょうか」

宰相はふてぶてしい物言いで言い返した。

「王妃殿下は、証明の手立てがなくなり、話の論点を逸らしておられます。悪あがきですよ」

「王妃よ、こうなっては、秀王の無実をどうやって証明するつもりか」

「では、犯人が本当に舌を噛み切って死んだのか、調べさせてください。拷問で死んだのかもしれません」

わたしがそう言うと、宰相の目がすがめられた。

皇帝陛下が言う。

「王妃の言うことはもっともである。調べよ」

命じられた太監が救いを求めるように宰相を見た。宰相は顎を微かに動かした。

この二人の間になんらかのやりとりが行われたのだと思う。その太監は頷くと、陛下に向き直っていった。

「はっ、そ、それが――死体はもう焼却しました……」

太監は汗をかいていた。

「さっき、舌を噛んだ、と言ったのにもう焼却ですか？　陛下の許可もなく燃やしたのですか？　どこで燃やしたんですか。煙など上がっていませんでしたが」

わたしは納得いくまで尋問しようと思った。筋を通せば陛下もわかってくださるはずだ。

宰相が言う。

「王妃は宮廷住まいではないのに、どうして煙が上がったかどうかわかるのですか？」

「では、今日、煙を見た方はいらっしゃいますか？」

任家側の官人たちは、首を横に振った。

朱家側の官人は呆然としている。宰相に目をやり、逆に睨み返されると怯えたように頷く者もいた。

「そこのお方は、いつ御覧になったのですか？　おっしゃってください。後宮の尚儀に聞いて確かめてみましょうか」

とっさに巧みな嘘はつけないはずだ。

「……っ、はっきりとは……」

わたしが何を言っても論破するという意気込みでその官人を凝視すると――ハッタリなのだ

が――彼はしどろもどろになった。

「玄奘《げんじょう》！　いったい何が真実なのだ」

陛下が太監の名を呼んだ。

太監はひれ伏し、弁明した。

「申し訳ございません！　私は思い違いを致しておりまして、実は罪人が死んだのは五日前のことでございました。そもそもこの件については罪人の自白により解決したとみなし、焼却したのでございます。律令《りつりょう》に背いてはおりません」

なんて卑怯な。嘘まみれの宮廷だ。

そこへ、宰相が被《かぶ》せて言う。

「証拠もなく我らが官職を疑い、陛下を惑わせて宮中をかく乱したこの王妃こそ、妖言の罪に問われるのではありますまいか」

「いいえ」とわたしは断固として主張した。

「こうして証拠が隠滅されてしまった以上、秀王殿下が無実ということも証明できませんが、有罪という証明もできないのではないでしょうか」

しかし、朱家側の重臣たちは宰相に乗じて、口々に「妖言だ」「絞首刑に」などと言いだした。

宰相は神妙な顔つきで任将軍を見やり、言った。

「任将軍もそれではあまりにお辛いでしょうな。皇帝陛下に尽くしてこられた任将軍に免じて、流三千里《るさんぜんり》ではいかがでしょうか」

流三千里とはかなり遠い地への流刑ということだ。わたしはそうやって生かされても、任家の威信は失墜するだろう。

――お父様はそれを受け入れるの？　負けを認めるつもり？

だが、任将軍は頭を下げて言った。

「陛下の御裁断《ごさいだん》を受け入れます」

わたしは父を凝視した。かばってもくれないのか。

いや、死罪よりはマシと思ったのかもしれない。

――流罪……。

自分はそれで命は助かっても、秀王はどうなるのだろう。

わたしは跪《ひざまず》いた。

「わたしは妖言など申しておりません。秀王殿下が陛下に忠義を尽くしてきたことを顧みていただきたいだけでございます。そもそも秀王殿下は、都に残りたいなどと一言でもおっしゃったでしょうか。どうか秀王殿下の真心を信じてください」

秀王だけは無事で。辰州に舞い戻るならそれでもいいから。

わたしは祈るような気持ちで懇願した。

宰相たちの軽蔑したようなヒソヒソ笑いが聞こえてきたが、惨めとも思わなかった。なりふりかまわず、懇願するしかもう道はないのだ。

その時、朝堂の入口で何か動く気配がしたと思うと、老人の声が響いた。

「陛下、私からもお願い申し上げます」

その老人は、朝堂の中央を、杖をつきながらゆっくりと歩いてきた。

「そなたは……井宇辰ではないか。久しいな」

陛下が呼んだその名前に聞き覚えがある。

わたしが初めてこの異世界にやってきた時、馬車に轢かれそうになったあの人だ。

今は隠居の身だが、皇太子殿下の師父だったという、皇帝陛下も信頼をおいている人物だ。

「なぜここへ」

「怪我をなされた皇太子殿下を見舞いに参ったところ、秀王殿下が投獄されたと聞き及びまして、今牢獄を見て参りました」

「それで？」

「太子殿下の馬の鞍に細工をしたという罪人は生きております。虫の息ではありますが、誰の差し金かを示すことはできるかと」

「本当か。燃やしたと聞いたが……連れてくるがよい」

皇帝陛下の命令で、井老師が頷くと、何人かの衛兵が担架を運んできた。

そこにはほとんど動くこともできないほど弱った囚人が横たわっている。

「おまえは太子の馬の鞍に細工をしたのは間違いないか？」

井老師が囚人に尋ねると、彼は呻きながら、何度も頷いた。

「妹に害を為すと脅されてのことであったと調べがついているが間違いないか？」

囚人は頷く。拷問により、おそらく口も利けないようにされてしまったのだろう。

「おまえはもう助からないが、真実を言って極楽へ行きたいであろう。誰がおまえにそれを命じたのだ？　もしこの中にいるのなら、指で示すがよい」

すると囚人はまた頷いた。

朝堂に集まっていた重臣たちが顔色を変えた。

皆が、その囚人と目を合わせないようにしていた。

囚人を乗せた担架が重臣たちの間を一巡りする間、前の列の宦官の後ろに身を潜める者もいた。彼は一度も腕を上げることなく陛下の前まで戻された。

「いなかったということか？」

ところが、囚人はまだ未練ありげに顔を動かして、こちらを見ていた。

そしてその目が一瞬鋭く輝いたかと思うと、ゆっくりと腕を上げる。

痛めつけられて動かすのも辛そうに、苦痛の呻き声を漏らしながら、彼は指で指し示した。

その指はわたしに向けられている。

「えっ」

わたしは驚きと絶望でゆらりと体がよろけてしまったが、それでも囚人の手はまっすぐ同じ方向を指している。

彼の視線は、わたしを通り越してもっと遠くを見ていたのだ。

太監たちが恐れをなしたようにその指の延長線から逃れて、とうとう最後列に残ったのは李保羅という官人だった。

第三皇子に肩入れしている人物だ。

彼も逃げようとしたが、彼が右に動いても左に動いても、囚人の指は李保羅を追って動き、決して逃すまいという執念を感じさせた。

彼は逃げまどった挙句、とうとう、陛下の「李保羅に命じられたのだな」のひと声に身をすくませた。

囚人は頷いた。

「知りません。私は何もしておりません。その囚人は偽物です」

李保羅はそう叫んだが、捕縛され、連行された。

「死体を焼却したと嘘をつき、朕をたばかった玄奘も投獄せよ。二人とも舌を噛まぬように轡《くつわ》をせよ」

陛下はそう言い添えるのも忘れなかった。

「王妃。そなたの言い分は正しかったようだな。よって妖言の過度もなかったとみなす。そなたを罰することはない。秀王も釈放する」

「感謝致します、陛下」

そしてまもなく秀王がやってくる。

囚人の白い衣の上から黒い袍をはおっていたが、髪は乱れて少しやつれていた。

「青冥様。ご無事ですか？」

「雪花こそ、無茶をして――」

彼は皇帝の前ということもかまわずにわたしを抱きしめた。

この人を失ってしまうのではないかと思った時、恐ろしかった。

今のわたしは、自分が死ぬことより、秀王が死ぬことのほうが怖い。

ほっとしたのも束の間、鋭い視線を感じてふと首を巡らすと、皇太子が睨んでいる。

皇帝陛下は、彼に向かって言った。

「青冥の冤罪が晴れたのだ。今後は兄弟が手を携《たずさ》えて行かねばならぬぞ」

すると、皇太子の顔から表情がなくなり、何を思っているかも読めなくなった。

彼は拝謁の姿勢を取って言った。

「父上の仰せのとおりです。私は弟を疑った罪滅ぼしとして、父上にお願いしたいことがあります」

「何だ。己の罪滅ぼしを朕に委ねるとは奇妙な」

「かねてから秀王が願っていたように、辰州に兵を集め、国境にくすぶる鴉螺《うら》族の火種を消すべきではと考え直しました。それゆえ、援軍を送りたいのです」

──それって、つまり……青冥様に辰州へ行けということかしら。

わたしには皇太子の意図がわからなかったが、秀王は目を輝かせて皇帝陛下の返事を待っている。

「誰が行くのだ？」

皇帝陛下の問いかけに、任将軍が真っ先に手を挙げた。

「私に行かせてください、皇帝陛下！」

「いいえ、私にお任せください、陛下」

次に名乗り出たのは、劉国公《りゅうこくこう》だった。申王派の将軍で、十万の兵力を持っている。

皇太子が頷き、皇帝陛下に進言した。

「任将軍は、先の討伐で陛下に十分に尽くし、軍の疲弊もまだ癒されておりません。今回は、劉国公の黒炎軍に委ねるのが良策かと──」

「うむ、これぞ三皇子が手を携えて敵に立ち向かう、朕が願ってきた姿である。劉国公に任せる。兵符をここに」

こうして皇帝陛下も皇太子に同意した。

父は軍功を上げる機会を奪われたようなもので、無念そうだった。

わたしは漠然とした不安を感じたが、今はただ、秀王が釈放されたことを喜べばいいのだと自分に言い聞かせた。

＊　＊　＊

「井老師様、ありがとうございました」

朝堂を辞去して、あらためて老師に礼を言うと、

「あなたと秀王殿下には昔、一度助けられておりますから」

「覚えておられましたか……、その後、足の具合はいかがですか？」

思えば、秀王との出会いもあの時が最初だったが、その時は秀王の素性も知らなかった。鉄斎先生によれば、井老師は秀王に引き取られ（秀王の正体は鉄斎先生も知らなかったのだが）その後どうなったのかはわからなかった。

今こうして見ると、杖をついているが、歩き方は老人特有のおぼつかなさはあるものの、骨折の後遺症はないようだ。

「秀王殿下が辰州の医師に診せてくださってな。なんでも異国の医療技術を持っておる医師で、私が眠らされておるうちに施術をされ、その後は一年がかりで元通りに歩けるようになりまし

た。老いておるので、その分時間がかかったのですが」

「では、……同じように骨折した方が、たとえばもっと若ければ、その施術を受ければ杖なしでも歩けるようになりますか？」

わたしが誰のことを言っているのか、井老師は理解しているようだった。

「はい、本人がそれを望むのであれば、間違いなく――政務にも全く差し支えないほどに回復するでありましょうな。私が太子に進言しましょう」

これで皇太子が回復すれば、彼と秀王とのわだかまりはなくなるかもしれない。

わたしは安堵したせいか、どっと疲れが出て、秀王府に戻ったとたん寝込んでしまった。

＊　＊　＊

「雪花！　おまえというやつは……！」

気がつくと、秀王が心配そうに覗き込んでいた。

「青冥様は大丈夫ですか？　体を傷めてはいませんか？」

「大丈夫だ。飯はまずかったし寝床も硬かったが、辰州と彩都を行き来する時などは野宿もしていたくらいだからなんのことはない。ただ――」

まるで拘束されていたのは秀王よりわたしのほうみたいに消耗していた。

彼のほうが声に張りもある。

「ただ……？」

「おまえのいない夜が辛すぎた」

彼はそう言って、わたしの肩に顔をうずめてくる。

もうかわいい。胸がきゅんきゅんする。

でも、甘えてる場合かと、ちょっと腹も立ってきた。

「もう……っ、そんな呑気なことを言って。わたしは下手したら絞首刑、よくて三千里の流刑にされるところだったんですよ。流れる先が辰州ならいいんですけど」

「父上に聞いた。おまえの武勇伝をな。おまえには助けられてばかりだ」

「井老師が助けてくださったことも聞きました？」

「うん」

「あなたが井老師を辰州に連れていったなんて、全然知りませんでした。無事でよかった」

「辰州は国境が近いから異国の商人や医術師もいる。そこでは折れた骨も治せる技術があるからな。宮廷では薬湯を飲ませるか鍼《はり》を打つかってところだが異国はもっと進んでいる」

――そうよ、それよ。外科治療でしか治せないものもある。

とにかく、わたしの運命を握るキーパーソンが生きていて、助けてくれた。

やはりあそこで行動してよかった。

「でも、どうしてあんなに都合よく井老師が来られたのでしょうか」

「それは、龍箔を使って呼び寄せておいたんだ」

「ということは、あなたが？」

「ああ。老師なら宮中をうろうろしていても不審がられないからな。囚人に薬を渡し、仮死状態にしておいて牢獄から出して証言させたというわけだ。囚人の妹も龍箔が救い出した」

「そうだったの……だから、あなたが囚《とら》われても龍箔さんは冷静だったのね」

騙されたようでなんだか悔しい。

「でも、仮死状態って――」

「呼吸が極めて浅くなり、体温も下がる丸薬だ。他にも毒を中和する丸薬もある。毒杯を飲まされそうになった時に、それを杯《さかずき》に入れて三度杯を揺らして飲めば、同じような状態になる。女であれば、耳飾りに仕立てて――」

「えっ、耳飾り？」

「指輪に薬物を仕込むのは警戒されるが、耳飾りは意外と見落とされる。……ま、おまえには関係ない話だ」

関係なくもないのだけれど。

それにしても、皇太子の足が全快するなら、兄弟の確執もなくなるかもしれない。

彼が異国の施術を素直に受け入れるかどうかはわからないが。

「皇太子殿下のご機嫌も直るといいのだけど……」

「足は治ると思うが、機嫌ばかりはどうにもならないだろうな」

「でも、殿下はあなたに援軍をって、陛下に進言してくださったわ。本当にあなたに二心《ふたごころ》などないことをわかってくださったんじゃない？　わたしたち、やっと辰州で暮らせますね」

しかし、秀王はふと遠い目をした。

「いや、おまえはここに残っていろ。鴉螺族を殲滅《せんめつ》するまで、気は抜けない」

「そんなに危ないの？」

「戦だぞ、全く平和というわけにはいかないだろう。だが黒炎軍が加われば負けるはずがない。俺が連れに戻るまで、ここで大人しく待っていてくれ」

秀王とまた離れてしまうなんて耐えられない。

わたしは身を起こして、彼の首に抱きついた。

「嫌、わたしも行く」

「雪花。そう駄々《だだ》をこねるな」

小さな子どもを叱るみたいに言うけど、それだけは聞きたくない。

「嫌よ」

どうしてこんなに不安なのか。

原作にないことばかり起きていて、これからどうなるのかわからないから？

そんなことを思いながら、秀王にひたすらしがみついていた。

原作では、雪花が死んだ後、この大涛国は衰退の一途をたどるのだ。

前世では、ヒロインが毒死したことに驚き、わたしは結末を丁寧に読んでいなかった。

どういう状況で、何十年後に大涛国が滅びてしまうのだろう。

政治に関心を持たなかったことが悔やまれる。

——うろ覚えでは確か、西の国境が脅かされ、さらに中原北部の川で謀反が起こるのだったっけ。この内乱により弱ったところへ異国の大軍が一気に攻めてきた。……と。

その西の国境って辰州のことじゃないの?

「……はっ」

わたしはそのことに思い当たってどきりとした。

「どうした、雪花?」

わたしは彼の両腕を押し返すようにして少し身を離して見上げる。

「中原北部の大河にも鴉螺族っているのかしら」

秀王はその形よい眉をひそめた。

「箭川《せんがわ》のことか? いや、そこは申王の義兄の所領だし、箭川は辰州への補給路となっている。

劉将軍が味方についてくれるなら、心強いが」

「辰州への補給路——」

「……何か気になるのか？」

「劉国公が補給路を断ったり、援軍を寄越さなかったりしたらどうなるの？」

「そんな裏切りがあるわけ――」

秀王は全否定しようとしたみたいだが、途中で言葉を濁した。

「皇太子殿下も申王殿下も、急に皇帝陛下の覚えめでたくなったあなたをどう思っているかしら。今回の冤罪は晴れたけど、また何かあるかもしれないでしょう。異国と戦うには軍勢が足りないあなたに、援軍を出すとけしかけておいて見捨てたら？　補給船を沈めて見殺しにしたらどうなるの？　だって、劉国公は申王派なのでしょう？」

「ばっ……雪花」

「もし万一よ。そういう企みがあったとしたら、それを止める方法はある？　裏切りなどなければ無駄な努力になるけど、もしあったら……」

危機管理は大事。もしもに備えて二重、三重に対策を立てておいて損はないはず。

「ご兄弟の仲を裂くようなことをそそのかす悪い妃でごめんなさい！　でも心配でたまらないの。お願いだから、身を守って」

秀王はじっとわたしの目を見た。

そして髪に触れ、困ったように笑う。

「そんなことを考えていたとはな。兄上がおまえを欲しがるわけだ。……正直言うと、おまえの懸念は杞憂《きゆう》ではないだろう。――龍箔」

「は」

彼は姿は現さないが、戸口から返事だけが聞こえた。

秀王が暗がりに向けて言う。

「劉国公の弱みはなんだ」

すると、少し沈黙があって、静かな声が答える。

「彩都の外に下女に産ませた庶子がいます。十二か十三の男児です」

「世子《せいし》ではないのか」

「はい。世子は第一夫人の長男です。本宅で揉めて、その下女は不審死を遂げました。庶子の命も危ぶまれた結果、廃嫡同然で金武寺《こんぶじ》で秘《ひそ》かに養育されていると聞いています」

「田舎に捨て置かれているのか？　それでは弱みにはならないが」

「実は幼いながらに文武に優れて見どころがあり、劉将軍は愛着をもって時々会いに行っているようですが、下女に産ませた子どもゆえ、大々的に元服の儀もさせてやれずもどかしいことでしょう」

「ほう。では、金武寺から連れ出して、盛大に冠礼させてやろう」

そう言うと、秀王は微笑した。

いつものような朗らかな笑顔ではない、知性と冷淡さの混じった表情。

「手は打ったから。もう案ずるな」

そう言いながら、彼が口づけてくる。

彼は爪を隠した鷹《たか》だ。

もう大丈夫なんだと、本当にそう思えた。

鴉螺族を殲滅して彼が無事に帰り、それからが真の幸せ――。


龍箔の気配が完全に消え、二人は闇に沈む。

裸身を重ね、互いを求めてむさぼる。

わたしの肌には、暗くて見えないけれども、彼に吸われた刻印が花のようにちりばめられているとわかる。内腿がじっとり濡れて、子宮が疼いて仕方がない。

「もう、いいか?」

そう言って彼が挿入って来た時には、わたしのナカもすっかり溶けていた。

「あっ、ああ」

肉襞を押しのけて、怒張したものがぐいぐい迫ってくる。

全身が感じやすくなっていたわたしにとって、それは恐ろしいほどの快感だ。

「あ……ぁあああ、あっ」

わたしは内側から征服され、蹂躙され、屈服する。

彼の意のままに体を震わせ、甘い声で鳴いた。

「雪花、……雪花……っ」

「は、う……、青冥様――！」

激しく突き上げられ、体が宙を舞いそうになる。

夢中で膝を締めて、彼の腰にしがみつく。

「……っ、あ……雪花、……イク」

身構えるように彼の首筋を抱きしめ、その瞬間を待つ。

――来る……

彼の剛直がぶるりと震え、わたしの蜜洞がそれを包みこむ。

「あ……っ」

背筋が震え、どくんと体が跳ねた。

強烈な快感。

頭の中が真っ白になり、自分がどこにいるのかわからなくなる。

がくがくと痙攣しながら、彼の劣情を受け止める。

ざあっと広がる感覚にわたしは酔いしれる。

「青冥……様……」

しばしの別れを惜しむように、二人は何度も愛し合った。


出発を翌日に控えた午後、秀王が几に向かって何やら思い悩んだ様子でいた。

「どうしたのですか？　何か気になることでも？」

「わっ、雪花か」

わたしが話しかけると、彼はびくっとして振り向いた。

こちらもびっくりするほどの慌てぶりで、さらに不審なのは、几の上に置いて眺めていたものを自分の体で隠そうとしたのだ。

「えっ、何ですか、見せて」

「や、待て」

すごくあやしい。

彼の肩越しにちらっと見えたのは、赤い宝玉のような何かだ。

木箱の大きさからして、腕輪より小さいもの。

耳飾りだと思うが、サプライズで用意してくれていたのだろうか。

だったら、知らないふりをしたほうがいいのかも。

「あら、辰州の誰かへのお土産ですか」

とぼけたふりをしてそう言ってから、わたしはしまったと思った。

今のは嫌味《いやみ》に聞こえたかもしれない。

わたしは彼が浮気性だなどとは思っていないから冗談のつもりだったけれど、秀王はそうは取らなかったようで、その表情が暗いのだ。

妻にこっそりアクセサリーを用意していたのがバレたというノリではない重々しさ。

──ええ……何なの？

地雷を踏んでしまった？

でも、彼がこれから戦に行くという時に口論などしたくない。

「ご、ごめんなさい。冗談よ、冗談」

わたしはその場をやり過ごしたが、彼がどうしてそんな態度だったのかは、翌日わかることになる。

＊　＊　＊

一方、雪花の陳情騒ぎの後、皇太子は井老師の助言を受けて、異国の医術師による治療に踏み切った。

施術は成功したが、気がかりなのは宮廷から離れた温泉地で長期療養に入ることだ。

皇帝陛下が壮健だからいいようなものの、皇太子の座が不安定きわまりない。

——私が都を離れている間に、申王が取って代わろうとするのだろうな。

秀王にこの座を奪われるのも許せないが、身分の低い申王はもっと嫌だ。

二弟にばかり気を取られていたが、結局落馬の件でいちばん得をしたのは、三弟だ。

——早く快癒して戻らなくては。

医師が言うには、療養と訓練によって足は数か月で元通りになると。

そんなに待てるか。

焦りと憎しみに包まれて、いてもたってもいられない。

誰からも見放されたような気持ちになる。

妃は朱家から権力増大を目論《もくろ》んできた麗林だ。

秀王さえ排除できれば朱家は安泰とふんぞりかえっているのか、都にしがみついて見舞いにも来ない。

こんな鄙《ひな》びた療養地に、都育ちの女は来たくもないだろう。

任雪花は、投獄された青冥の無実を訴えて朝堂で必死に釈明したというのに。

なんという冷たい妃だろう。

腹が立つ。

天命を呪いたい気持ちもある。

——誰も信用できぬ。

「殿下、お酒を召し上がるのはほどほどになさったほうが——」

見かねた医官に注意されるほど、皇太子の生活は荒れていた。

「黙れ」

酔わなくてはやっていられないのだ。

癇癪《かんしゃく》を起して杯を叩きつけようとした時、ふと耳に触れたのは琴の音。

皇太子は振り上げた手を止めた。

医官は恐れをなしてひれ伏して震えている。

「あれは誰が弾いているのだ？　そなたたちは私が苦しんでいるときに芸妓《げいぎ》を呼んで騒いでいるのか！」

「違います。この屋敷から聞こえるのではありません。近隣の民居からのようです」

この片田舎に奇妙なことだと思いながらも、また聴きたいと思うのだった。

その後も、皇太子の鬱々とした日々に潤いを与えるように、琴の調べが聞こえる。

どこの娘が奏でているのかわからないが、なかなかの腕前である。

日によって曲目も違えば、やさしい音色だったり、激しく力強い調子だったりと人を飽きさせず、今では療養暮らしの中で唯一の楽しみになってきていた。

今まで自棄《やけ》になってあおるように飲んでいた酒の手を休め、聞き入ることが多くなった。

「あの演奏を近くで聞きたい」

と侍従に命じて探させたところ、その演奏の主は上流階級の貴婦人らしく、身上を明かすことはできないので顔を隠して参上するのでよければ、という答えが返ってきた。

「無礼な女だな。私をなんだと思っている」

「罰しますか?」

以前の皇太子なら、立腹して投獄したかもしれない。

しかし、そうなるとあの音楽が聴けなくなってしまう。

「……いや、いい。対面はせず、御簾《みす》越しの演奏でよいと伝えろ」

こうして翌日、その女を招いて琴を奏でさせることになった。

近くで聞けば、より明瞭で美しい音色だ。

口数は少なく、ひそめた声でもあるが、衝立越しにその品格の高さがわかる。

温泉療養地の田舎にどうしてこのような上等な婦人がいるのか。

すぐにでも宮廷に招いて厚遇するべきだ。

「明日も奏でてくれるか」

皇太子が言うと、彼女は「承知いたしました」と小声で言った。

こうして、楽しみなことができると、療養にも訓練にも励む気力がわいた。

前向きな気持ちになれば、回復も早まり、ふた月ばかりするとすっかり以前のように歩けるようになったのだ。

「そなたが毎日楽しみと励みをもたらした。礼をしたい」

皇太子はそう言ったが、女は何も要求しないばかりか、「これにてお役御免としてくださいませ」と辞去しようとしたのだ。

皇太子はまもなく都に帰る。

この女を連れて帰りたい。

その思いから、禁忌を破って御簾を開け、女のいる部屋へと入っていった。

「お許しくださいませ」

女はひれ伏して許しを乞う。

だが、彼はその肩を掴んで自分に向きなおらせ、その正体を知って息をのむ。

「……なぜ、おまえが？」

都の華やかな暮らしをのうのうと続けていたと思っていた妃が。

皇太子の受難を見ても、おのれの立場の危うさしか考えていなかっただろう妃が。

「なぜここに？　いつからだ」

「お許しください。殿下のことが心配で、ずっと近くにおりました」

「なぜ顔を出さなかった」

「殿下は弱みを人に見られるのがお嫌いだと思ったのです」

確かにそうだ。

「それに、素性がわからないほうが楽しめたのではありませんか？　このたびは、ご快癒おめでとうございます」

「おまえというやつは——つまらんことをするな」

そう言いながらも、不思議と笑みがこぼれてくる。

朱家の娘は親の権力のためにだけに存在している、冷徹な女と思っていた。

それなのに、自分がここに来たのとほぼ同時に近くに宿を取っていたとは。

「麗林、そなたは見上げた妃だ」

これまでは、遠方の辰州にすらついていくほどなりふりかまわず慕われる青冥が妬ましかったが、自分にはこんな面白い妃がいたのだと今になって気づいたのだった。

第七章

「静かですねえ、お嬢様」

小鈴がぽつりと言う。

秀王が辰州に発ち、秀王府にはかつての活気はない。

平和なのはいいことだが、嵐の前の静けさということもあるから怖い。

というのも、原作で雪花が毒死するその日が刻々と迫っていたからだ。

小鈴はそんなわたしの心情も知らず、無邪気に言う。

「それにしても、あの時の劉国公の顔といったら、痛快でしたね」

出発の日、秀王は立派な鎧を着て兵を従えて皇城の門前に立った。

彼は護衛を数十人連れてひと足先に辰州に向かい、劉国公は箭川の陣営に寄って、後から合流することになっていた。

秀王の護衛のひとりに、まだ幼さの残る少年兵がいた。

「行ってまいります」

と、律儀に挨拶をする少年を見て、劉国公は目を瞠《みは》った。

互いに名乗りは上げないが、その関係はわかっていたようだ。

「これより辰州に向かうにあたり、秀王殿下を立派にお守りして参ります」

口上もしっかりしたその少年は劉国公の庶子だ。

下女の子ゆえに疎まれ、命も危うく田舎の寺でひっそり育てざるを得なかった。

しかし国公の息子のうちでも文武に優れた子であり、密かに溺愛していたのだ。

秀王がその少年を自軍に引き入れて連れ歩けば、いくら申王妃にそそのかされたとしても、劉国公は秀王を裏切ることはできないだろう。

いわば、人質のようなものだ。

以前の稚児の風貌はなく、まげを結って豪華な鎧を与えられた我が子の姿を、劉将軍は感じ入ったように見つめていた。

自分が公然と面倒を見ることもできず、与えることも叶わなかった立派なしつらえに何を思ったかはわからないけれど——。

こうして劉国公をけん制して、秀王は旅立った。

政治に疎いわたしでも、原作のうろ覚えからそこは抑えておくべきポイントだと思った。秀王はそれを聞き入れてくれて、迅速に手を打ってくれたのだ。

やるだけのことはやったから、あとは祈って待つしかない。

こちらはこちらで用心しようと思っていたが――。

「龍箔さんもいなくなって、寂しいですね、お嬢様」

小鈴が暇を持て余したように言う。

「そう？　でも、もともとすごく静かな人だったでしょう」

わたしはそう返しながらも、小鈴の気持ちがわからないでもなかった。

彼の情報収集力は素晴らしい。

気配はしなくてもどこか近くにいて、すぐ来てくれると思うだけで心強かった。

遠征の間、秀王は彼をこちらに残したがったが、わたしが断った。

秀王こそ危険な旅をするのだから彼の側にいて護《まも》ってほしい。

わたしのことは心配いらない。

その龍箔が出発の直前に、わたしに託したものがある。

「秀王殿下が奥様のために用意されていたものです」

龍箔はそう言って小さな木箱を渡してきた。

「秀王殿下はお渡しすることをためらっておられたので、どうかご内密に」

とは、奇妙なことだ。

秀王がわたしのために用意したのに、躊躇するなんて。

小箱を開けてみれば、愛らしい耳飾りが入っていた。

「これは……！」

「ご存じでしたか、奥様」

「昨日、訳ありな表情をして見つめていたわ。隠すようにして――」

龍箔伝手に渡すくらいなら直接もらいたかった。

照れ屋なのかしら。

「後宮に招かれるときには必ず身に着けてお出かけください」

「必ず――？」

「はい、必ず。忘れずに。お守りと思ってお納めください」

そして、実際に使うことはないと思うが、と前置きして、龍箔はあることを告げた。

わたしはそれをちゃんと木箱に入れ、さらに文庫に収めて大事にしている。

そんなことを思い返していたわたしだが、小鈴の嘆きはまだ続いていた。

「旦那様がいらした頃は、弓試合やお茶会、それにたくさん計算したり、いろいろあって忙しかったですけど、今は本当に平和で……辰州で戦をしてらっしゃるなんて嘘みたいです」

「そんな退屈も今のうちだけだからね、小鈴」

「えっ、どうしてですか？」

「青冥様の留守の間も皇后陛下の話し相手に呼ばれたり、他の妃賓たちのお相手もしなくてはいけないのよ。贈り物だって慎重に考えなくちゃ」

妃賓たちの格付けに従った、それ相応の贈り物じゃないといけないのだ。

原作の雪花は、時々それを失敗して、皇后陛下の心証を悪くしていた。

いつか麗林に会いに行った時も、刺繍の尾羽の数が多いの少ないので揉めて女官が罰を受けていたくらい、細かいことにも気を配るべきだ。

他にも、皇后陛下には幼少で亡くなった公主があり、その命日には蓮花燈を灯《とも》して供養した。できる限り目立たないように、心をこめて祈る。なぜかというと、これ見よがしにやれば、他の妃賓たちに出過ぎた真似《まね》と言われるだろうから。

後宮とは一つの会社のようなものだと、つくづく思うのだ。

いちばんの懸念だった劉将軍の裏切りもなく、取り越し苦労だったみたいだ。

軍報の詳細はここまで伝わってこないけれど、今のところ惨敗という話は聞かない。


こうして季節が巡り、四か月経ったある日、わたしは突然捕らわれた。


その日は前夜から夢見が悪くて、あまり眠れなかった。

秀王の安否をいつも心配していたのと、原作で雪花が死んだその日が近づいていたこともあったろう。

明け方、妙に胸騒ぎがしたわたしは、早くに起きて着替えていた。

その時、秀王府に太医と宦官がやってきて、わたしを取り調べると告げたのだ。

「華貴妃殿下が貴女から贈られた香袋を嗅いだとたん、倒れられました。そこで香袋を調べたところ、毒物がしみ込んでいたのです」

「そんな――！」

華貴妃といえば、第三皇子・申王の生母である。

「そんなはずありません。他の方にも同じように香袋をお贈りしたけれど、何もないではありませんか」

「とにかく、後宮へ」

わたしは、参内する用意をしますと言って寝室に行った。

――華貴妃がなぜ？

わたしに濡れ衣を着せて誰が得をするのだろう。

春燕でもないのに、誰がわたしを憎んでいるの？

どうしよう、どうしたら――？

わたしの脳裏に毒杯が浮かんだ。

今まであんなに気をつけてきたのに。

春燕も遠ざけてきたのに。

「お急ぎください、皇后陛下のご命令です」

門の外で待つ太監の声に、わたしは震えた。

「お嬢様、どうしましょう！　裏から逃げますか？　……こんな時龍箔様がいてくれたら」

小鈴の声に、わたしははっとする。

逃げてどうなる？

わたしは庭の池を見やった。

新婚の頃、そのほとりの木の枝に簪を掛けておけば、龍箔がかけつけてくれると言っていた。

でも、秀王も龍箔も今は遠い辰州にいるのだ。

その時、わたしは突然、龍箔から渡された小箱を思い出した。

――お守りと思ってお納めください。

彼は確かにそう言った。

――後宮に招かれるときには必ず身に着けてお出かけください。

今は、招かれているのとは違うけれど……。

わたしはもう一度寝室に戻って文庫からそれを取り出す。

珊瑚《さんご》のような赤い珠の耳飾り。

お守りなら、身につけなくては。

この世界の耳飾りはピアスと同じ形式で、鈎型《かぎがた》の針金に宝玉や糸飾りが付いている。

わたしは耳たぶにそれを嵌めた。

「お急ぎください」

と、また太監が繰り返す。

「ただいま、参ります」とわたしは言った。

秀王を救おうとした時のように、また陛下に懇願して言い分を聞いてもらうしかない。

そう考えていたわたしは随分甘かった。

後宮へ着くや否や、掖庭の牢獄に投獄されてしまったのだ。

そして、そこで不吉なものを見ることになる。
＊　＊　＊

「出してください、いきなりこんな！　皇后陛下とお話させてください」

牢獄の中からわたしが叫ぶと、看守が言った。

「弁明の余地もございません。秀王府から例の香袋に使われていたものと同じ毒薬が見つかりました。貴女が華貴妃殺害目的で毒入り香袋を贈ったことは間違いない。明日には処遇が決まるでしょう。不幸中の幸いは、華貴妃殿下が命をとりとめ、快復に向かっておられることです」

それについてはほっとしたが、同時に、華貴妃の狂言ではないかと思ってしまう。

「でも、秀王府から毒なんて！　ちゃんと調べたのですか？　誰が？」

これはわたしだけでなく、秀王の名誉に関わることだから、見逃すことはできない。

わたしのこの問いかけに応えたのは、女の声だった。

「あたしよ、お姉様」

「……春燕……！」

なぜ妹がここにいるのか、理解できなかった。

彼女は掖庭《えきてい》の中でも牢獄の部署ではなかったはずなのに。

しかも、その衣は、後宮の女官の衣装であり、掖庭のものではない。

そこで汚れ仕事をしていれば、もっと薄汚れているだろうが、髪も整って衣も清潔だ。

第二母が金でも積んで、娘を取り戻したのだろうか。

春燕がわたしの動揺を見透かしたように言った。

「あたしの冤罪が晴れて、再び麗林様の侍女になったのよ。お姉様の部屋を調べたのはあたし。まさか本当に毒が隠されているなんて、本当に驚いてしまったわ。実の姉を訴えなくてはならなかったこの辛さ、わかる？」

そう言いながら、春燕は嬉しくてたまらないというふうに歪んだ笑みを浮かべた。

「あははは。ああ、悲しい！　お姉様がかわいそうで」

石の牢獄に、春燕の耳障りな笑い声が響く。

「春燕、もういいわ。下がりなさい」

彼女の後ろから別の女性の声がした。

春燕は従順に膝を折って挨拶し、数歩退《さ》がると「ふん、いい気味」とわたしに向けて言い捨てた。

春燕を退がらせたのは、朱麗林だった。

麗林と春燕が手を組んでわたしを陥れたということだろうか。

「春燕を掖庭から出したのは、申王妃なの。別に信じなくてもいいけど」

麗林とわたしの間に、友情など最初からなかったかのような冷えた声だった。

こんな状況で、誰かを信じろと言われても無理だが、第三皇子、申王の母である華貴妃が毒に倒れたのが狂言なら、申王の妃が春燕を利用してわたしを陥れたとしても筋が通る。

ただ、麗林と申王妃は親戚関係にあるのだ。

「春燕を掖庭に送った日のことを覚えている？　あなたから贈ってきたお菓子のこと――本当はあれにには毒が入っていたのではなくて？」

「そんな、ちがっ――」

そもそもわたしはお菓子など贈っていない。春燕の仕業だ。

龍箔がすり替えて調べたところ、確かにあの菓子には毒が入っていて、運が悪ければ麗林の健康が害されただろう。

だが、春燕が本当のことを言うはずがないので、ここでそんな話を蒸し返せば、わたしの立場はさらに悪くなる。

「わたしが毒に当たっていちばん得をするのは誰？　あなたよね」

朱麗林がわたしを責める。

この人も、原作と同じように春燕と一緒にわたしを殺すのか――。

わたしは孤立無援となったことを実感した。

「違います！　わたしはやっていません」

「お姉様、恐ろしい！　そんなことまで……！」

春燕も一緒になって誹謗《ひぼう》することに心底腹が立った。

龍箔から聞いていた、彼女の謀略についてぶちまけたくなった。

「春燕！　あの時、あなたが申王妃の侍女と――」

「見苦しいわ、雪花さん」

麗林が声を荒げて遮る。

従姉に毒を盛られた可能性があるというのに、身内をかばうつもりだろうか。

第三皇子が絡んでいるとすれば、皇太子落馬の件も怪しい。

皇太子が落馬によって再起不能になれば、申王がその後継者になる絶好の機会だった。

秀王が辰州に忘れられたままであったなら――。

だが、結婚してから秀王は皇帝陛下に見直され、尊重されるようになったのだ。

放埒の悪癖さえ正されたなら、出自でいえば皇后の実子である秀王のほうが上。

わたし自身、出征前の秀王に警告したように、申王にも秀王を貶める動機がある。

今回の冤罪は華貴妃と申王妃により、任雪花を消すために仕組まれた？

「でも、わたしなど消したところで、なんになるのでしょう」

麗林が吐き捨てるように言った。

「あなたは小賢《こざか》しいのよ。これまで宰相が秀王殿下に無理難題を突き付けたことは、娘の私としてもやり過ぎだったと思うわ。でも、殿下は何度もそれを成し遂げて、皆が驚いた。秀王殿下が野心を見せるようになったのは、あなたがたきつけたから」

違う、わたしは辰州に行きたかったのに。

ただ、愛する人が侮辱されるのを黙って見ていられなかった。

――それがいけなかったの……？

「だから、青冥様のいない間にわたしを――？」

「そうよ。あなたがいると、これまで平和だった皇室が乱れてしまう。でも、私はあなたに感謝してるの」

「感謝……？」

「あなたが皇帝陛下に物申すなんて不謹慎な騒ぎを起こしてくれたおかげで、井老師が来てくださり、皇太子殿下の治療に助言をくださったから」

「殿下は足の施術を受けられたのですね？」

　麗林は頷いて言った。

「その後、温泉に療養に行かれた時も、私はついていき、陰ながら見守っていました。殿下は私を慈しんでくださるわ。皇太子殿下の地位は揺るぎないものです。これ以上乱さないで」

「皇太子妃殿下は、後宮《こ》の鑑《かがみ》です」

　と、背後で春燕が媚びた声で言った。

　揃いも揃って、わたしを叩きのめす。

　それにしても、この麗林の饒舌《じょうぜつ》さはなんだろう。不自然だ。

　彼女は公平な人。わざわざわたしを罵るためにだけ来たのだろうか。

　ふだんこんなふうに人を貶めたりすることのない人だから、看守の手前芝居を打っているような気がしないでもない。

「春燕、もう行きなさい。私もこんなところはうんざりだわ」

　麗林がそう言うと、春燕がようやく立ち去り、麗林と二人になった。

「おっしゃりたいことはそれだけですか？　つまらないことに時間を割きました」

　わたしがそう言って、麗林に背を向けた時、彼女の手が伸びてきた。

「お待ちなさい」

彼女はわたしの肩を乱暴に引き寄せると、耳元に唇を寄せた。

そして、わたしにある助言をすると、静かに出て行ったのだ。

＊　＊　＊

翌日、硬い寝床の上でまんじりともせずに朝を迎えた。

——とうとうこの日が来た。

原作の雪花が死んだ日。

今まであれこれと回避しようとしてきたことがみな無駄だったかのように、この日、わたしは牢獄にいる。

二人の宦官が独房に入ってきた。

ひとりは盆を掲げ、もうひとりは巻物を持っている。

その巻物がどういうものかわたしは漠然と理解した。

前世でいうと判決文であり、処刑の命令書のようなものだ。

そこに「絞《こう》」と書いてあれば、絞殺刑。「流《る》」と書いてあれば流刑。

宦官が巻物の片端から手を離した時、わたしは『雪花悲恋歌』のラストシーンを思い出した。

そこに書かれていた文字は。

——賜死《しし》。

それは身分ある者を処刑する時に、自ら死ぬことを許す、温情ある刑罰だ。

陛下から賜った死なので、栄誉ある最期であり家名も守られる。

とはいえ、死罪には違いない。

死んだらおしまいだ、名誉も何もあったものじゃない。

「どうか皇帝陛下にお目通りを！」

わたしは懇願したが、聞き入れてはもらえなかった。

「いいえ、これは皇后陛下のご命令です。後宮内の犯罪については、皇后陛下に全権がございます」

——そうだった。

後宮を統べる皇后は、小さな犯罪なら皇后の気持ちひとつで判決が決まる。

あまりにも複雑で手に負えない場合は皇帝陛下に委ねるが、基本的には、皇后の独断で皇子の妃を処刑することもできるのだ。

皇后陛下はわたしを不用であり、宮廷に害を為す存在とみなしたのだろう。

「だったら、最後に秀王殿下に会わせてください。それまでお待ちください」

「殿下は国のために戦っておられるのですぞ。お急ぎください。引き延ばすのは不名誉なことになります」

理不尽極まりない。

「どうか、ご自分で。さもないと、私の手でしなければなりません」

――結局、こうなるのね……

わたしは、原作の雪花ほどに諦めがよくないが、もはやなすすべもなく力なく座り込んでいた。

目の前に毒杯の乗った盆が差し出されていて、早くしろとプレッシャーをかけてくる。

前世のわたしはなんて言った？

そんな宦官なんか蹴散らして逃げると軽く思っていた。

でもこの世界になじんできたわたしにはわかる。

そんなことをして捕まったら、今度こそ惨《むご》くて苦しい刑を受けることになり、わたしをうっかり逃したこの宦官もただではすまされないだろう。

お手上げかと思うと、走馬灯のようにこれまでの記憶が蘇ってきた。

秀王との出会い、そして愛し合った幸せな日々、雪花をいじめてばかりいた春燕に一泡吹かせてやったことや、敵役のはずの麗林と仲良くなったこと――。

そして、秀王が最後にくれた玉の耳飾りはまだこの身に着けている。

昨日、麗林は耳元で秘かに言った。

――その耳飾りは秀王殿下からお守りにと言われたものですね？ 使い方はわかっています

か。

それまでの麗林がひどい態度だったので、一瞬混乱したが、やがてわたしは理解した。

彼女は、春燕や看守に聞かれることを想定して、非難めいたことを言っていたのだ。

ネチネチ言われたことを要約すると、「任雪花を陥れたのは第三皇子の一族。それから皇太子の足は快癒して夫婦仲もうまくいっているので感謝している」という報告ではないか。

そして、ひそめた声で言い残したことが彼女の本当の言葉なのだ。

――使い方はわかっていますか。

腕輪や指輪は取られたが、乱れた髪に紛れて、この耳飾りは没収されなかった。

秀王は、まさかこれを使うことはないだろうと言いながら、もしものために用意していた。

だが、使い方をちゃんと説明すれば、わたしがひどく怯えると思ったのだろう。

龍箔がためらう秀王に代わって、わたしにくれた耳飾り。

赤い珠は珊瑚に似せて作られた丸薬だ。

それはおそらく井老師が作ったもの――。皇太子を通じて老師と繋がりのある麗林なら……

彼女が耳飾りの意味を知っていても不思議ではない。

「さあ、王妃殿下」

もう一秒たりとも待てないという様子で、宦官が前に出た。

わたしは髪を直すふりをして耳飾りから丸薬を外す。
指の間に丸薬を隠して、それから杯にそっと入れた。
そして、杯を三度揺らさなくてはいけない。撹拌《かくはん》して成分を溶かし出すためだろう。
袖で口元を隠しながら、慎重に杯を回す。
一回、二回、三回――。
本当にこれで合っているのかわからない。
麗林を信じていいのかもわからない。
でも他に何ができるだろう。
わたしは杯をそっと口に近づけた。
原作のラストシーンのように、姿勢を正して毒薬を流し込む。
――もう会えなかったら……ごめんなさい、青冥様。
強い酒を飲んだように喉が熱い。
禍々《まがまが》しいものが体へと染みていく。
目の前に黒雲が立ち込めてきた。
わたしは何度か咳《せ》き込《こ》んだ。
そして床に崩れ落ちる。

全てが黒くなった。

＊　＊　＊

「終わりましたか？」

「はい、王妃殿下。任雪花は獄中で自死し、棺で運び出されました」

春燕は喜びを抑えて神妙な顔で答えた。

本当は笑いたくてたまらなかった。

ようやく、あの目障りな姉をこの世から消した。

生まれたときから目の前に立ちはだかり、ひ弱そうなのにふてぶてしく男の目を惹きつけるあの女が大嫌いだった。

意気地のないはっきりしない人間だと高をくくっていたのに、このあたしを掖庭へと追いやった。

罪人上がりの下品な女たちばかりのひどい場所に！

絶対に許さない。

腹違いの姉でも、容赦しない。

雪花の謀略で、皇太子妃の侍女から掖庭へとどん底に落とされたけれど、申王妃殿下により救われた。だから、王妃殿下のためならなんだってする。姉を死に追いやることだってためらわない。

「血を分けた姉を亡くしてかわいそうに。辛かったでしょう。……でも、仕方ないのよ。秀王妃は宮廷を乱したから……」

申王妃がいたわってくれるから、春燕は悲しそうなふりをした。

同情させておけば、のちのちいいこともあるだろう。

「それでね、ねぎらいを込めてあなたを昇格させてあげましょう」

「本当でございますか？」

そら、もうやってきた。

掖庭から這《は》い上がり、後宮でのし上がって、あたしはいつか支配者になる。

「私の隣に座ることを許します」

王妃はそう言った。周りの女官は神妙な顔をして見ている。

彼女たちを出し抜いて王妃の隣に座れるなんて、羨望と嫉妬のまなざしを浴びたって仕方ない。

むしろ気持ちがいい。

どんどん悔しがりなさい。

春燕は言われるままに王妃殿下の隣に座った。

そこへ食事が運ばれてくる。

「お上がりなさい」

そう言われた時、女官たちの視線がまた痛いほど集まったのを感じた。

気分がいい。

そして、とびきり上品な仕草で匙を使って、静かに口に入れた。

じきじきのもてなしが嬉しい。

「おいしいです」

春燕はなめらかな菓子がのどを通り過ぎていくのを、光栄な気持ちで味わった。

後宮の極上の料理は不思議な味がした。

糖水の甘さに続いて強烈な刺激が喉を刺す。

火を飲むように熱い。

「……っ」

申王妃の顔が歪んだ。

春燕自身の視界が歪んでいたのだが。

「あ……っ、……」

体に異変が起きた、と気づいたときには手遅れだった。

「王、妃……様……っ」

彼女は叫ぼうとしたが、声がかすれていた。

「毒見役に昇格させてあげたのに、もう当たってしまったなんて、運のない子ね」

申王妃の冷たい声が聞こえた。

春燕は咳き込む。

手のひらに血がついていた。

――毒見役……当たった……？

「まあ、いろいろと知りすぎてしまった者は生かしておくと危ないから、ちょうどよかったわ」

王妃の言葉に、他の女官たちが頷いた。薄ら笑いすら浮かべている。

春燕の頭の中が、冷徹な女官たちの嘲笑でいっぱいになった。

――嘘、嘘……！　あたし、死ぬの？

「姉の死を悼んで神経衰弱になって後を追ったということにしましょう」

「それがようございますね」

「ふふふ」

「ほほほ」

春燕は悟った。

申王妃に騙され、裏切られたのだと。

第三皇子の申王を立太子させるために、皇太子の馬を暴走させ、秀王を辰州に追いやり——その秀王は劉国公に裏切られて死ぬ——さらに、秀王の子を身ごもっている可能性のある雪花も抹殺したのだ。そしてあたしの口を封じて自分たちはのうのうと……？

——そうはさせるか……！

強い毒だから、すぐに絶命するのだろう。

だが、春燕はただでは死ぬもんかと思った。

執念で立ち上がり、ふらふらと内庭に出た。

女官の衣を血だらけにして歩く恐ろしい姿に、後宮内の宦官たちが仰天する。

その宦官たちに向かって、春燕は最期の力を振り絞って訴えた。

野獣のように吠《ほ》えながら、呪いのように、全てを吐き出した。

第八章

頭の中に轟音《ごうおん》が鳴っている。

瞼がチカチカして、耳鳴りもしている。

いったいなんなの？

この感覚はなんとなく覚えている。

前世で盲腸の手術をしたあの時だ。

麻酔が醒める瞬間の混沌《こんとん》とした、身の置き所のない感じ。

「奥様、奥様……？」

誰かが呼んでいる。

知らない声だ。

「ん――」

わたしは情けない声を出しながら、重い瞼を開く。

「奥様、気がつきなさったね」

この状況は、とわたしは目をしょぼしょぼさせつつ探る。

天井から、鄙びた田舎の家のように見える。

耳に飛び込んでくるのは小鳥の鳴き声や川のせせらぎ。

「……はっ！」

わたしは驚いて飛び起きた。

「奥様、目を覚ましなさった。ああ、これで安心です。小杏、先生を呼んでおいで」

わたしの寝床に寄り添っていた老女が、傍らにいた少女に命じる。

少女はトントンと階段を下りていった。

さっきからずっと呼んでいたのは、この老婆だったようだ。

「あのう……ここはどこですか？」

「西蕪骨《にしぶこつ》の民居でございます。奥様」

「西蕪骨……」

聞いたことのない地名だ。

「彩都と辰州を結ぶ真ん中辺りにあります、ここまで都から五日はかかります」

「どうしてわたしはここに？　あなたは……？」

「私はとある高貴なお方からあなたのお世話を言いつけられております。その名前は申せませんし、貴女様のお名前も存じ上げませんので奥様と呼ばせていただきます。……彩都の後宮で亡くなった奥様は棺で運び出され、実家へ運ばれる途中でその棺を乗せた馬車が盗賊に襲われ、彩都から遠く離れたこの地まで来ました。馬車の中身がお宝とばかり思っていた盗賊は、ご遺体が入っていたことに驚き、棺を捨てて逃げたのでございます」

老婆が若干棒読みな口調でそう言う。

「後宮で死んだ――」

「ということになっております。奥様。これは、棺の中で奥様が握られていた香袋です」

香袋と聞いて、いやな気分になったが、とにかくそれを受け取る。

小さい袋ながら、牡丹の花が刺繍されている。

これはわたしが麗林に贈ったものだ。自分で刺繍したのだから間違いない。

紐《ひも》を緩めて中を見ると、小さく折り畳まれた紙が入っていた。

『井老師のお力を借りて、貴女を後宮から出すことができました。藩明玉《はんめいぎょく》という老女がお世話をします。しばらく静養して、次の人生についてゆっくりと考えてください』

誰とは書いていないが、麗林だろう。

牢獄にいた時は、春燕と一緒にあんなひどい態度を取っていたけれど、やはり芝居だったのだ。

わたしはそれを読み終えると顔を上げ、老女に尋ねた。

「あなたが藩明玉さん……？」

「はい、なんなりとお申し付けください」

「その高貴なお方とはどういったご関係なのですか？」

「昔そのお屋敷で働いておりました。今は隠居の身でございます」

なるほど、老いてはいるがどことなく品があり、立ち居振る舞いが洗練されている。都の大きな屋敷で働いていたというのもうなずける。

藩明玉の話によると、わたしの棺には多額の金子が入っており、寺に入っても生涯困らないだけの寄進額だし、民居を一軒買って暮らすこともできるという。

麗林がわたしの行く末を心配して当面生きていけるだけの用意をしてくれたのだろう。

「盗賊はその金子に気が付かなかったのかしらね」

と、わたしが藩明玉に冗談めいて言うと、彼女はしらばくれた様子で「さあ」と言った。

やがて、医者が上がってきて、わたしの脈を取った。

この世界の医者は、聴診器を当てたり口の中を見たりしなくても、脈を取っただけで全てわかるらしく、しばらくわたしの手首に触れてから、全く問題ないと診断した。

それから、藩明玉が作った粥を食べ、お茶を飲むと体がポカポカして、力がみなぎってきた。じわじわと。

——生きてる。わたし、生きてる……！

やはりあの耳飾りの赤い珠は毒を中和する丸薬だったのだ。

賊というのは、実は麗林の手配した男たちで、そのままわたしを郊外へと逃がしてくれたということだろう。

——麗林さん、ありがとう。

借りは返したわよ、とでも言いたそうな彼女の顔が目に浮かぶ。

「でも、これからどうしたら……？　青冥様は無事かしら。小鈴は？」

わたしは藩明玉に、辰州の戦局や秀王府の従者たちの安否について尋ねた。

すると、こんな答えが返ってきた。

「第二皇子と劉国公の連合軍は鴉螺軍を見事殲滅致しました。秀王府の皆様は全員、蟄居《ちっきょ》を命じられたそうですが、秀王殿下の帰還に伴い恩赦がくだされると思います」

——よかった……。

青冥様に会いたいな……。でも無理だ。

麗林は自分の立場も危うくなるというのに、わたしを逃がしてくれたのだ。

わたしがおめおめと都に戻れるはずがない。

だから、わたしは秀王ともお別れして、ひっそりと暮らすしかないだろう。

彩都の——、そして秀王府のなんて遠いこと。

もはや死んだ身のわたしにとって、距離の問題だけではなく、決して手の届かない場所。

もちろん、後宮から逃げたかったのはわたし自身なのだ。

――喜ぶべきことよ。移住ライフを楽しめばいい。

思えば、この異世界に転生した時から、わたしはその環境に適応して生きてきた。

それに、今のわたしの体は力がみなぎっている。

藩明玉の畑仕事を手伝えるくらいに。

「奥様、そんなことをなさってはいけません。白魚のような指で土を触るなど」

と彼女は言うが、これからわたしが何をして身を立てていけるか、いろいろやってみないとわからないし、自給力を高めておいたほうがいい。

「そんなことをなさらなくても奥様は刺繍がお上手ですから、香袋や手巾をお作りになったらいかがですか？　行商人に頼んで都で売ってもらうという手もありますよ」

「香袋、ねえ……」

確かに後宮でも、刺繍の上手い女官は出世が早かった。

そのくらい需要があるということだろう。

――でも……。

「今は日光を浴びて、土をいじっていたいの。やらせて」

こうして、わたしは庶人の衣を着て土を耕し、種まきをしていた。

そんなある日、旅姿の二人連れに声をかけられた。

一人は頭に垂れ絹つきの笠《がさ》をかぶっていて、顔はよく見えないが小柄な娘で、もうひとりは都から来たらしいさっぱりした身なりの長身の男だ。彼も顔の下半分を隠している。

娘のほうから話しかけてきた。

「すみません……この近くで人を探しているのですが」

わたしは土で汚れた手をパンパンと叩き、よっこいしょと立ち上がる。

「わたしも新参者で、この辺りのことはあまり知らないけれど」

明玉さんにきいてあげましょう、と言おうとしていたのだが、話しかけてきたその娘は突然頭笠を外して、顔を露わにした。

「おっ、……お嬢様っ」

彼女はいきなり飛びついてきた。

わたしをお嬢様と呼ぶ娘はひとりしか知らない。

「お嬢様！　生きていらした！　お嬢様ああああ！」

この子も無事で本当によかった、とわたしは胸をなでおろす。

わたしにしがみついてわあわあ泣いている侍女の背中をとんとんしてなだめる。

「うんうん、ごめんね。びっくりしたよね、小鈴……ってことはそちらのお方は？」

「龍箔です、奥様。――秀王殿下に会いませんでしたか」

「人探しって……そっち？」

わたしが肩透かしを食ったような気持ちでそう言うと、龍箔は首を振った。

「鴉螺族討伐に成功したタイミングで、秀王府から奥様が投獄されたという知らせが届いたのです。秀王殿下は十日かかるはずの道のりを五日で都に戻りましたが、知らせが届いた時点で既に間に合わなかったのです」

――それは、そうでしょうね。五日で戻るなんて馬が死んでしまうわ。

「……それで、青冥様はどうしたの？」

わたしが尋ねると、龍箔は疲弊した顔で続けた。

「奥様が毒死なさったという事実をお聞きになると、殿下は正気を失うほど激怒なさり、後宮を爆破すると仰《おっしゃ》って――私は必死で止めました。殿下に手刀を使ってしまったこと、お詫びいたします」

それは、秀王を殴って気絶させたということね。

「え……っと、よく止めてくれました、龍箔さん」

「そこへ、ある女官が奥様の遺品をそっと届けてきたので、中を見たところ西蕪骨の名があり、急ぎ駆けつけたわけですが、殿下の馬のあまりの速さに追いつけませんでした」

そこに小鈴が申し訳なさそうに言う。

「龍箔さんは、あたしと共乗りでしたからね……」

「そうだったの。でも、わたしは殿下には会っていないわ」

——青冥様、どこまで暴走しちゃったのかしら。

「ひとまずわたしの居候先でゆっくりお話しましょう」

そう言って、藩明玉の民居へ戻ると、その門前に馬が一頭いて、ひとりの男が門を叩いていた。

「殿……下……?」

最愛の人を見間違えるはずはないのだが、それでも?マークが付くほど彼はボロボロだった。

その人は振り向き、目を瞠る。

「……っ」

彼はすぐに言葉が出ないようだった。

髪はひどく乱れて、鎧はどこに脱ぎ捨ててきたのか知らないが、胴着は半分脱げて、肩もはだけている。囚人でももっとこざっぱりしていると思うくらいの格好だ。

「……花《か》」

かすれた声で彼は絞り出す。

「雪……花!」

「青冥様。はい、雪花です」

わたしが答えると、彼はよろよろと近づいてきた。

「雪花！」

こちらにたどり着く前に彼が転ぶのではないかというほどの憔悴《しょうすい》っぷり。

わたしも駆けだして、彼を支えた。

彼は膝をついてわたしの腰を抱える。

「雪花、雪花！　ここは地獄か？　それとも極楽か？」

「いえ、どちらでもないですよ。わたしは無事です。生きてます」

秀王が顔を上げる。

その目には涙がいっぱいたまっていて、なんて純粋で美しい瞳だろうと思った。

顔も髪も埃塗《ほこりまみ》れで、頬もげっそりしているのに、愛しさで胸がいっぱいになる。

彼はそのままわたしにしがみついて号泣した。

「小鈴殿が二人いるような感じですね」

と龍箔が言ったが、その目も心なしか潤んでいるように見えた。

＊　＊　＊

「どんな戦よりもお前の賜死の知らせがいちばん辛かった」

その日、戦場から戻ってここまで着の身着のままでやってきた秀王が久しぶりの風呂に入った。

わたしは風呂上りの彼の髪を梳《す》き、いつものように磨き上げた。

「でも、あんなになるなんて、よほど戦況が厳しかったのですね？」

「いや。劉将軍の援護があってなんということもなく勝てた。あいつの隠し子を丁重に扱っておいてよかった。申王は不服そうだったが、それは表に出して言えるはずもなく歯ぎしりしているだろうよ」

「そうなのですか……お怪我がなくて本当によかった」

「俺がボロボロになったのは一睡もせずに都に戻ったのと、おまえを失った絶望からだ。ここに来た時も、おまえを見るまでは、遺骨を祀《まつ》ってあるのだろうと思っていた。何しろ西燕骨、なんていうからな」

――地名しか書いてなかったのなら、そうなるでしょうね。

麗林さんも、用心に用心を重ねたのだと思う。

「わたしは青冥様がくれた耳飾りで命拾いしたんです」

「あれの使い方をちゃんと説明しなかったことを心底悔いた。そんなことになるとは思わなかったから。後宮を舐めていた。おまえは戦場について来たいと言ってくれたのに、おまえが万一鴉螺族に囚われるようなことがあったらと恐れてしまったんだ」

「そんなことになったら、確かに恐ろしいですね」

彼がわたしを都に残したのも当然だ。

「これからおまえはどうするつもりだ？　都に戻るなら——」

「ううん。無理ですよ。それにそんなことをしたら、麗林さんに迷惑がかかるもの。せっかく助けてくれたあの人に何かの罰が下ったりしてはいけないから、わたしはここにいるつもりです」

「ここに——？」

「何かで身を立てることができればいいけど、うまくいかなければ……おそらくお寺で一生過ごすことになるでしょうね」

それでもいい、死ぬよりは。

「寺で一生？」

「ええ、自給自足もなかなか難しいですし、明玉さんは刺繍した香袋を売ったらって言うんですけど、あれはもうこりごりなので。お寺で平和に——」

「だめだ」

突然彼が振り向いたので、わたしは櫛《くし》を落としてしまった。

「おまえがそんな退屈なところでじっとしていられるはずない。しかも俺から離れて」

「青冥様。でもわたしはもう……」

その言葉の先は続かない。

彼に口づけられて、それに応えているうちに、あっという間に全身が熱を帯びてくる。

彼のほうももう待てないというほど忙《せわ》しない手つきでわたしの衣を脱がし、たちまち二人は生まれたままの姿になって、互いに見つめ合う。

戦の後で、彼の体のどこも傷ついていないことを確認する。

それが何よりも嬉しい。

「雪花、愛している」

熱い肌に焦がされそう。

何度も口づけをし、抱きしめる。

秀王はわたしの肌を吸い、乳房を愛でるけれど、どこか不安そう。

彼もまた、わたしが生きていることを確かめているみたいだ。

「青冥……様」

すぐに挿入ってくると思ったけれど、彼は急に動きを止めると言った。

「雪花……おまえの体はどうなんだ？」

「大丈夫、お医者様もどこも問題ないっておっしゃいました」

彼は安堵の息を吐いた。

「それでも、今はこうしているだけでいい」

彼はやさしくわたしを抱きしめてくれたが、もうこれで最後かもしれないと思うと、わたしはいたたまれなかった。

「わたしが……愛したいのです」

「雪花……そんなことを言われたら俺は……っ」

わたしは、もう届かない人になってしまうことを思い、彼の背中を抱きしめた。

彼の肌は熱く、既に硬くたぎった劣情がわたしの下腹を押している。

ゆっくりと体を開いて彼を受け入れる。

「青冥様……好き」

「雪花」

互いに会えなかった月日を埋めるように、二人は愛し合った。

指と指を絡め、舌を吸い、髪を乱して体を重ねる。

「あ……っ、あ、ん、……っ」

彼の腕に組み敷かれて、わたしの肌はどんどん桜色に染まる。

「雪――花……っ」

「あっ、青冥、さまっ」

背筋が痺れて、甘い衝撃にわななく。

「おまえの中……すごい……気持ちいい」

「ん……わたし、も」

わたしの体を気遣ってやさしく愛してくれる秀王を促すように、わたしのほうから腰を揺らして彼を深く、深くへと導いていく。

「う……、待て、雪花」

「だって……待てない、もの。……早く、青冥様……！」

「……こら」

聞き分けのない子どもを叱るようにそう言って、彼は突き上げてきた。

「ああっ……あ」

そして、野性を取り戻したように激しく抽挿する彼。

「あ、あ、達く……っ」

絶頂の波がせりあがり、わたしは悲鳴を上げた。

もう自分ではコントロールできないまま、わたしのナカが痙攣する。

体の奥で、彼の肉棒がとくんと震えた。

子宮口に噴き出される白濁を感じながら、わたしはこの人を好きでたまらないと心から思った。

秀王は戦の疲れも癒えないうちに、妻が処刑されたことを知り、不眠不休で激走したこともあり、体を繋いだ後は、しっかりとわたしを抱きしめて深く眠っていた。

昼間、わたしを見つけた時の彼を思い出すと、今も愛しくて、切ない。

あんなに泣いて、再会を喜んでくれた。

――この人と離れて生きるなんて、できるかしら。

いくら適応力があっても、心は虚《うつ》ろなまま生きていくんだろう。

「ん……雪花」

夜明け前に彼は一度目ざめた。

「ここにいますよ、青冥様」

彼は、わたしの体を手で探るようにして「夢じゃない」と呟く。

「青冥様はいつ都に戻るのですか？　あとどのくらい一緒にいられますか？」

すると、彼は眠気が飛んだというように目を開いてこちらを見つめた。

「なぜ、そんなことを聞く？」

「青冥様は帰らなくちゃいけないんだから、お別れしないとなりません」

すると、何を思ったのか、秀王の視線が揺れた気がした。

傷ついたような、憤慨したような目をして――。

「――雪花は、それでいいのか？」

「仕方ないです。わたしはもう都には戻れないし、存在すらないことになってしまったから」

わたしがそう言うと、秀王はわたしの髪を撫でながら言った。

「仕方ない……のか、そうか。随分聞き分けがいいのだなあ」

――あれ？　また怒ってます？

彼の表情がぎこちなくなって、胸の内が読めない。

秀王はしばらく唇を噛んで黙っていた。

「あの……青冥、様？」

わたしが恐る恐る話しかけると、彼は冷ややかな目つきをして言った。

「そうだな、任雪花は死んでしまった。だけど、俺はどうしても死んだ妃のことが忘れられない。それで、辰州に王国を作って、雪花にそっくりの女をすぐに見つけて娶るんだ。どうだろう？」

――えっ、すぐに？　それはあんまりな……！

久々に交わった甘い余韻も台無しな発言にわたしは驚いた。

悲しみが湧いてきて、彼から顔を背ける。

「じゃあもうここに現れないで勝手にそうしてくれればよかったのに。わたしはお寺で平和に暮らしますから」

そして彼から離れようとしたが、すぐに彼に囚われてしまう。

「あっ」

「おまえが自分でそう言ったじゃないか。俺と別れなくてはならないと。それなのに俺が後添いを娶ると言うと怒るのか。自惚《うぬぼ》れが過ぎるな」

――うわぁ、そう、本当に。恥ずかしい！

羞恥心のあまり、消えたくなった。

そんなわたしを、秀王は背後から抱きしめてきて、首筋を甘噛みする。

「う……ぁあん」

「おまえがよくても俺が許さない。絶対に離さない」

うつ伏せにされて、腹をぐいと引き上げられ、あられもない格好になる。

「いや……、青冥様、こんな……恥ずかしい姿は嫌」

「自惚れたから仕置きだ」

まるで駄々《だだ》っ子《こ》のように、彼は媚肉を分けて挿入ってきた。

「あ……っ、や――」

ぐぷり、ずちゅりと淫らな音まで恥ずかしい。

逃げ腰になるのを何度も引き戻されてしまう。

両手首をひと掴みに捉えられて、わたしは彼のするままに蹂躙される。

「おまえが都にいられないなら、俺が地の果てにでも行く。おまえを捨てるはずがなかろう」

「だ……っ、て、……青、冥、様……っ」

「ああ、本当におまえが生きているだけで、俺はもう何もいらないんだ」

彼の長い指がわたしの胸を揉みしだき、秘裂の花びらを暴いていく。

敏感な花蕾をくるくるとこねて弄ぶ。

「ふ……ぁう……っ、ぁ、ぁ……」

泣いて甘えたような声が出てしまい、わたしの中で彼がまた大きくなる。

後ろから抱かれ、いつもと違う角度で貫かれて頭がくらくらしてしまう。

抽挿のたびにわたしの内腿を甘露が伝い落ちるのがわかる。

突然、全身を稲妻のような衝撃が走り抜け、わたしは昇り詰める。

「う……っ、雪花……！」

彼の体がぶるっと震え、わたしの中で弾ける。

愛しい人とまぐわう喜びと切なさに、わたしは泣いていた。

こうして朝になり、今は静かに抱き合ってまどろんでいると、秀王が言った。

「雪花を死なせたことは辛いが、おまえが何者でもかまわない。生まれ変わってまた俺の妃になってほしい。俺は彩都には戻らないから」

秀王の言葉に、ようやく彼の本心がわかった。

「わたしは雪花にそっくりな別人で、あなたの後添えとなるということ？」

「そうだ。おまえに任雪花の名前を捨てさせなくてはならないが……いいか？」

秀王が深刻に思うほど、わたしは任雪花の名前に執着はない。

――そう……わたし、また生まれ変わるんだ。

「大丈夫、生まれ変わるのはお手の物よ」

わたしは彼に向き直って頷いた。


こうしてわたしたちは辰州で秘かに暮らして行こうと決めた。

後宮で重大なことが起こっていたとも知らずに。

第九章

後宮、寛徳皇后の寝所――。

「皇后陛下、お加減はいかがですか?」

麗林が言うと、皇后は力なく首を振った。

「……昨夜も、秀王妃が夢に出てきたわ。……あの世でも、私を恨んでいるのね」

麗林は毎日皇后を見舞っているが、日に日に弱っていくばかりだ。

「青冥も私を憎んでいるでしょう……」

皇后はそう言って涙を流している。

任雪花に賜死を命じたことも心痛になっていたが、それ以上に、その妹、春燕が非業の死を遂げた際の渾身の暴露が皇后を打ちのめしたのである。

春燕の最期の告白は猟奇的なまでの生命力と執念の籠ったものだった。

はっきりと聞き取れない部分もあったが、それを元に華貴妃を厳しく調べたところ、ようやく真実がわかった。

華貴妃の中毒事件は狂言であり、皇太子の落馬事件も、華貴妃と中王が絡んでいたということだ。

皇帝陛下はこれを重く見て、華貴妃を廃妃とし、その息子である第三皇子、中王とその妃も追放に処したが、無実の罪で死んだ雪花は戻らない。

西の国境地帯で国を守っている秀王の妃を誤って処刑したという悔恨により、皇后陛下は倒れて寝付いてしまったのだ。

「青冥に顔向けができないことをしてしまった。せめて、あの子が帰るまで待てばよかった」

雪花を死なせたことをひたすら悔いる皇后を見ると、麗林は複雑な気持ちになる。

自分だけは、雪花の生存を知っているからだ。

今頃は秀王が彼女を見つけているだろう。

――雪花さんが生きているとわかれば、皇后陛下の病は治るかもしれない。

だが、それは皇后の命令に麗林が背いたと告白するようなものだ。

――どうしよう……。

いっそ、雪花が野心を持って皇宮に戻ってくればそれでいいが、彼女は無欲だし律儀だ。麗林の立場を危うくするような真似はしないと思うのだ。

だからこそ、麗林は彼女を助けようと思った。

――このままそっとしておいたほうが、雪花さんは安全に暮らせる。でも皇后陛下は……。

こうして、板挟みの想いに悩んでいたら、女官が皇太子の来訪を告げた。

「母上の具合はよくないようだな。今日もそなたは母上を見舞ったのか」

「はい」

温泉地での一件から、皇太子は足繁《あししげ》く通ってくる。

しかも、最近は第三皇子に地位を脅かされる心配もなくなり、随分明るくなった。

「どうであったか」

「まだお辛いようにお見受けしました。粥も喉を通らないとおっしゃって、心配です」

「秀王妃のことがよほど衝撃だったのだな。春燕もよけいなことを」

とはいえ、そのおかげで中王を排除できたので、内心はよくやったという思いだろう。

彼は麗林の隣に座ると言った。

「何か一曲弾いてくれるか」

「かしこまりました」

皇太子が来れば、心躍るし、緊張もするが、麗林はそれを表に出さないようにしている。

いつか、皇太子の心が離れたと思って麗林が憔悴していた時、雪花が慰めにきた。

その時に、執着しすぎると逆効果と諭されたことを今も心に命じているのだ。

皇太子ひとりに自分の存在意義を委ねるのではなく、自分のために生きること。

そして距離を置いて愛すること。

――本当にそうだった。あの時、自分を見失わなくてよかった。

なぜか、彼女は人の心を見透かすようなところがある。

何十年も生きてきたように老獪《ろうかい》で、強《したた》か。

彼女は、皇太子妃は多くの責任を背負っているとも諭した。

将来後宮を統べるであろう麗林が憂うべきは何か。

皇后陛下が健康を損なうとどうなるかを考えれば明白だ。

四人の正妃のうち、華貴妃は廃妃となったが、あと三人が皇后の座を狙ってまた血生臭い争いを繰り広げるかもしれない。

後宮の安泰のために、皇后陛下には息災でいてもらわなくてはならないのだ。

だから、これは情に流されたのではない。合理的な判断だ。

そんな思いを巡らしながら琴を弾いていると、皇太子がふと言った。

「もうやめろ、琴を弾くのは終わりだ」

「……え？」

まだ弾き始めたばかりなのに。

集中力を欠いて、機嫌を損ねてしまったのだろうか。

「何を考えている？　気がかりがあるのなら、話してみろ」

「殿下……私の琴がお気に召しませんでしたか？」

「音色が暗い。憂いがある証拠だ。原因は母上のことだけではなかろう？」

楽器の音色から人の気持ちを汲《く》み取《と》るとは、殿下は変わったものだ。

麗林の手をそっと握ってくる皇太子の目には、病んだ時側にいた妃への慈しみが見える。

彼女は、その手にもう一方の自分の手をさらに重ねた。

「いいえ、皇后陛下のお体をひとえに心配しております。その皇后陛下の病に効く妙薬を知っていますが、手に入れようとすればとても危険なので、どうすればうまくいくかと思い悩んでいます」

「ほう、興味深い話だ」

麗林は皇太子を見つめる。

この人が盤石な地位を築くためにも、これは必要なこと。

それに、自分自身も信頼できる友がほしい。いつどこで毒を盛られ、謀略に陥れられるかわからないこの後宮で、たったひとりでも心を許せる友がほしいのだ。

まだ誰も知らないが、今、この胎内で形を成しつつあるもう一つの命のためにも――。

＊　＊　＊

秀王は雪花と共に、しばらく西蕪骨に滞在していた。

あまりにも酷使したために馬が弱って使い物にならず、馬の調達や宮廷の情報収集と、龍焔が忙しく飛び回っていたためだ。

半月ほど経ち、明日は辰州へ発とうという雪花が、最後の畑仕事をしていた時のことだ。

「雪花お嬢様あ！　まだこんな格好でいなくちゃダメなんですか？　明日はもう出発ですよ？」

小鈴が情けない声でそう言う。

二人とも、後宮の女官よりも質素な庶人の衣で、生成《きなり》の短襦《たんじゅ》と粗織りの裙を穿《は》き、足元を泥で汚しながらの農作業に精を出す。

「明玉さんにとってもお世話になったんだから、せめてものお返しよ」

とわたしが言い返すと、藩明玉が言った。

「いいえ、あれは恩あるお方のご命令でやったことですから、本当にお気になさらずに。どうぞ旅支度をなさってください、奥様」

「支度と言っても、わたしの荷物なんて何もありませんし。あっても棺くらいですかね……」

そういうと、いつも生真面目な明玉が失笑した。

その時――。

「雪花！　隠れろ」

秀王が血相を変えてやってきた。

「どうしたのですか？」

――はあ、今日もわたしの旦那様は凛々《りり》しくて麗しい。って見惚れてる場合じゃない？

「追手が来た」

「追手？　誰が、誰を追ってきたのですか」

「任将軍率いる閃光軍が、なぜか俺を探しているというのだが、父上の宣旨《せんじ》を持ってきたと。俺を討伐せよとか、そんなところかもしれない。だから、おまえも巻き添えにならないように逃げろ」

「……お父様が……？」

そう言っている間にも、田舎道の遥《はる》か向こうに砂塵《さじん》が立ち上り、軍勢が近づいている気配がした。

「藩殿、雪花を頼みます」

秀王がそう言うと、明玉が頷いた。

「奥様、こちらへ」

と、藩明玉が言い、自分がしていた頬かむりを外してわたしの頭に掛ける。

そして、土のついた手でわたしの顔を触って汚した。

なるほど、これなら人相もわからない。

「小鈴様も」

明玉は慌てず騒がず、わたしたちに農作業をするように指示をした。
草の繁《しげ》みに身を隠すようにして、地元の民のふりをしてやり過ごすという算段だ。
なんといっても、雪花は死んだことになっているのだから大丈夫だと思いたい。
ただ、秀王に危機が及んだ場合は、飛び出して父を説得するつもりだ。
馬のいななきや地鳴りが近づいてきて、わたしたちの畑の近くで止まった。
「秀王殿下に、皇帝陛下より宣旨を賜りました」
任将軍、つまりわたしの父が高らかに言う。
手巾と泥で顔を隠しながらも、わたしは草むらからちらちらと様子を探る。
秀王は剣に手をやり、仁王立ちになって隊列に向き直った。
任将軍はその前に跪き、巻物のようなものを掲げた。
副将軍が読み上げる。
「一、秀王は宮廷にて申王の職務を引き継ぐこと。
一、碩《せき》龍箔を刑部侍郎《けいぶじろう》に任命し、碩は秀王を補佐すること。
一、華廃妃《かはいひ》の告白により、秀王妃の無実を認め、その墓を宮廷内に建てることを赦《ゆる》す」
情報量が多い。
わたしの墓を宮廷内に建てるとかどうでもいいんですけど？
え？　華廃妃？　……って、どういうこと。申王の実母が失脚した？

そして驚いたのは、龍箔が六省《りくしょう》のひとつ、刑部の次官に大抜擢《だいばってき》されたということだ。

これまで秀王に影のように寄り添い、支えてきた龍箔。

秀王が都に戻らなければ、龍箔も辞退することになるだろうか。

それとも袂《たもと》を分かつことに……？

——確実なことは、お父様は、青冥様を討伐に来たんじゃないということ。

わたしはそのことでほっとしたが、秀王の態度は違った。

「……は？」

憮然《ぶぜん》と聞き返す秀王に、任将軍が言った。

「つまり、任雪花は無実と、皇帝陛下が認めてくださったのです。どうか、秀王殿下、宮城にお戻りください」

任将軍がひれ伏し、その後ろにいた兵士たちも皆平伏した。

それはとても荘厳で、嬉しくもあった。

多くの兵たちがひれ伏しているのを、ひとり立って見下ろしている秀王。

なんだかもう、オーラが違う。

——彼は彩都に戻らなくちゃいけない。そしてこれはその唯一のチャンス。

でも、同時にそれは秀王とわたしの別れを意味するものでもあった。

秀王はというと、ものすごーく嫌な顔をして、吐き捨てるように言った。

「ふざけんな！　雪花の墓を建てるために戻れと言うのか？」

秀王ったら今にも任将軍を蹴飛ばしそうな勢い。

「皇帝陛下は、こたびの秀王殿下のご活躍を大変お喜びになり、皇太子殿下には秀王殿下の支えこそ必要と仰せです。兄弟が手を携えてこそ、強く安らかな国となるのだと――」

「俺が国難を救うために戦っている間に、最愛の妃を殺しておいてよくもぬけぬけと！　俺は辰州に行き、二度と宮廷に戻るつもりはない。龍箔、おまえはどうだ。都で出世したいならそう言え」

龍箔も他の兵たちと同じように膝をついていたが、顔を上げると言った。

「私は、謹《つつし》んでお受けしたいと思います」

その答えには、わたしは内心驚いた。

あんなに秀王に寄り添っていた龍箔が、秀王より自分の出世を選んだ。

でも、それは彼なりの計算があってのことではないだろうか。

――龍箔さんは冷静だわ。そう、それでいいのよ。都で青冥様を支えてほしい。

でも、秀王は一瞬裏切られたような表情をして、ぽつりと言った。

「好きにしろ」

龍箔の返事を受けて、任将軍が皇帝陛下からの任命書のようなものを龍箔に渡す。

巻物状の書類はもう一つあって、それを渡す時に任将軍はこう言った。

「刑部侍郎になられた碩龍箔殿には、皇太子殿下よりこれを渡すようにと仰せつかりました」

龍箔は神妙に受け取った巻物を確認したが、この一連のやりとりを、秀王はもう見てはいない。

任将軍は秀王に向き直った。

「秀王殿下もどうか宮廷にお戻りを。この私からもお願い申し上げる」

繰り返すその声はなぜか震えている。

「断る。宮廷に戻る理由などない」と秀王も頑固だ。

将軍は血走った目で、絞り出すように言う。

「二人の娘を一度に亡くした父の気持ちを汲《く》んでいただけますまいか。せめて長女雪花の無念を晴らし、罪人でなく、王妃として散ったのだと証明してはくださらぬのか」

――え……？

わたしは驚いて、隠れていたことも忘れて立ち上がっていた。

――二人の娘を一度に……って？　春燕は……？

わたしは父の背中が震えていることに気づいた。慟哭《どうこく》をこらえているのだ。

わたしが飛び出しそうになったその時、突然龍箔が叫んだ。

「秀王殿下、これをご覧ください。皇太子殿下が律令に新たな法を加えると――」

そして書面を指さして、彼は読み上げた。

「恩赦《おんしゃ》により、次の律を制定する。
一、棺の中で息を吹き返した罪人はこれを罰せず、見逃した官人も無罪とす」
それまで誰が何を言おうと撥ねつけていた秀王が、身を乗り出した。

なんの恩赦かわからないけど、これって、つまり――。

秀王はまだ怒りの籠った目をしている。

「……バカか！　何が罪人だ！　雪花は罪人じゃない」

「そんな、細かいことはどうでもいいじゃないですか」

と、龍箔が不満そうに言う。

彼は、皇太子からの巻物を見つめ、柔らかな口調で続けた。

「私にはこう読めますよ。……愛しい弟よ、疑って悪かった。このとおり詫びの気持ちをこめて土産を用意したので、妃と一緒に安心して帰ってきてほしい。そして国の安寧のために力を貸してもらえないだろうか――と」

秀王の心にはまだわだかまりがあるようで、ためらっている。

龍箔がダメ押しする。

「刑部侍郎ということは法の改変についても関われるということなので引き受けましたが、皇太子殿下はもう用意しておられたのですよ。秀王妃殿下、あなたが生きて都に戻れる法を――。もう十分ではありませんか？」

するとと、小鈴が突然立ち上がって言った。

「ああ、もうじれったい……！　旦那様！　お嬢様はご無事です。ほら、ここに！　棺の中で息を吹き返しちゃったって、雪花お嬢様のことですよ！」

それぱかりか、小鈴はわたしをぐいぐい引っ張るものだから、引きずられてついに任将軍の前まで来てしまった。父はわたしを見た。

「な、なんと……？」

「すみません。……わたしはこのとおり、生きております。お父様」

任将軍もにわかには信じがたいだろう。

だって、わたしは民女の姿をしているし、顔も汚れているし。

ところが、父はすぐに理解してくれた。

「雪花……よくぞ、生きて——」

素直には喜べないだろう。わたしは無事でも、春燕はそうではないらしい。

それでも、親子の情の片鱗《へんりん》を見た思いがした。

「仕方ねえなあ……」

秀王は悪ぶった口調でそう言うと、手巾でわたしの顔の泥を拭った。

「聞いたとおり、おまえはいつでも堂々と彩都に帰れるわけだが、もう宮廷は懲り懲りか？　おまえがうんと言わねば、俺も戻らない」

そんなことを言われたら、断りづらい。

「俺はおまえのいるところならどこでもいい。さあ、選べ！　雪花」

わたしの答えはもう決まっていた。

エピローグ

と、いうわけで、わたしは彩都に戻って、秀王府で暮らしている。

しかし、麗林と皇后陛下に頻繁に呼ばれるので、後宮通いが忙しい。

「お加減はいかが？　麗林さん」

「ようやくつわりがおさまって、食欲が出てきたの」

麗林はふくらんだお腹をさすりながら、幸せそうに言う。

恩赦というのは皇太子妃が懐妊したからという名目だったのだ。

「皇后陛下もお元気を取り戻されてほっとしたわ」

まさか、皇后陛下がわたしに死を命じたことでそんなに苦しんでいたとは知らなかった。そして、春燕の暴露によって申王一族が失脚し、わたしの無実が晴れたことも。

それにしても、春燕が……。

――掖庭でおとなしくしていれば、命を落とすこともなかったのに。

無謀な野心など抱かなければ。わたしを欺こうなどとしなければ……。

そんなことを思うと切ない。

第二母は希望を失い、生ける屍《しかばね》のようだという。

わたしだって、いつ何が起こるかわからない。

でも、龍箔が刑部の管轄に入り、秀王が法について監視するようになったので、宮廷内外でも、君主の気まぐれによる理不尽な死は減っていくのだろう。

春燕は孤独に死んだけれど、わたしには麗林という親友もいる。

時々、共通の知人となった藩明玉の話題にも花を咲かせたり。

後宮内の揉《も》め事《ごと》についての相談役にもなっているのだが――。

「雪花殿、秀王殿下が迎えに来られました」

宦官が告げる。

「もうお迎えが? なかなかゆっくりお話できないわね」

麗林が呆れているが、長話は彼女を疲れさせるだろうから、これでいいのだ。

「元気な世子を産んでくださいね、麗林さん」

そして若汐殿を辞去したところで、秀王が待っていた。

――わたしの旦那様は、今日も麗しくてかわいい。

だから、ここで生きるのはもう怖くない。

やがて、皇太子妃麗林は念願の男子を産み、その後も次々と子を生した。

わたしは身体が脆弱だったため多産ではなかったが、翌年に長女、それから数年空いて長男を儲け、秀王と幸せに暮らしている。

碩龍箔は刑部侍郎から尚書へと昇進し、その敏腕さで律令の完成度を上げていった（いつの間に心を通わせたのか、小鈴がちゃっかりと龍箔の妻になったこともつけ加えておく）。

任将軍率いる閃光軍と、劉国公の黒炎軍は国の東西を守り、今や敵なし。

皇太子と秀王が和解したことも相まっていよいよ盤石となった大涛国は平和な大国となって長く続き、この話は終わるのである。

あとがき

こちらのレーベルでは初めまして、北山すずなです。

今作のような、異世界転生ものも中華風設定も初めてでして、あと、一人称語りもですが、初めて尽くしのお話で、完成までにかなり時間がかかってしまいました。

中には、あまりに音沙汰がないので心配してくださる読者様もいらっしゃって、ＤＭなどくださり、ありがとうございました。元気です、ほんと（笑）。

そんなわけで久々の新刊ですが、お楽しみいただければ幸いです。

素敵なイラストを描いてくださった旭炬先生は、北山のデビュー文庫でもお世話になりました。またご一緒できて本当に嬉しいです。ありがとうございます。

版元様、編集関係者様、担当様、書くのが遅くて本当にすみませんが、お仕事くださり感謝しています。そして読者のみなさま、読んでくださってありがとうございました。

北山すずな

蜜猫 Mitsuneko Label F

蜜猫F文庫をお買い上げいただきありがとうございます。
この作品を読んでのご意見・ご感想をお聞かせください。
あて先は下記の通りです。

〒102-0075 東京都千代田区三番町8番地1 三番町東急ビル6F
(株)竹書房　蜜猫F文庫編集部
北山すずな先生 / 旭炬先生

皇太子妃になりたくない！！
薄幸フラグしかない悲劇の妃に転生したので イケメン皇子に溺愛されつつ運命改変します

2024年1月29日　初版第1刷発行

著　者　北山すずな　
発行者　後藤明信
発行所　株式会社竹書房
〒102-0075 東京都千代田区三番町8番地1 三番町東急ビル6F
email : info@takeshobo.co.jp
デザイン　antenna
印刷所　中央精版印刷株式会社